Ludwig Ferdinand Huber

**Der alte Junggeselle**

Ein Lustspiel

Ludwig Ferdinand Huber

**Der alte Junggeselle**
*Ein Lustspiel*

ISBN/EAN: 9783743358119

Hergestellt in Europa, USA, Kanada, Australien, Japan

Cover: Foto ©Andreas Hilbeck / pixelio.de

Manufactured and distributed by brebook publishing software (www.brebook.com)

Ludwig Ferdinand Huber

**Der alte Junggeselle**

# Der alte Junggeselle.

Ein

Lustspiel

in fünf Aufzügen.

Nach

le vieux Célibataire,

des

Collin d'Harleville.

Von

L. F. Huber.

Grätz 1797.

# Vorbericht.

Dieses Lustspiel ist eines von den geschätzte-
sten aus den neuern Zeiten der Französischen
Bühne. Einen großen Theil seines Ruhmes
verdankt es dem vortrefflichen Spiele Mole's
in der Hauptrolle. Doch ist es eben ein großes Verdienst des Verfassers selbst, daß er
mit einfachen und wahren Zügen guten Schau-
spielern eine würdige Bahn für ihre Kunst
vorgezeichnet hat. Ich hoffe also, daß diese
Bearbeitung des vieux Célibataire auch in
Deutschland als ein Erwerb für die bessere
Comödie anzusehen seyn wird.

## Personen.

Kammerrath Herrmann.

Frau Eberhard, seine Haushälterinn.

Berger, des Kammerraths Neffe, unter dem Nahmen Carl.

Leonore, Bergers Frau.

Anton, Factotum bey dem Kammerrath.

Franz, Bedienter und Pathe des Kammerraths.

Lottchen, } Franzens Kinder.
Hänschen,

Fünf Vettern des Kammerraths.

Der Schauplatz ist in Berlin, in des Kammerraths Haus.

# Erster Aufzug.

### Erster Auftritt.

#### Berger, allein.

Ich habe ihn geweckt — Er wird gewiß nicht lange säumen. Hierher geht sein Tisch — hierher sein Lehnstuhl — und das Buch, aufgeschlagen wo er gestern stehen blieb — So! Er hat seine Freude an der Art von Ordnung — und wie gern richte ich ihm diese Kleinigkeiten nach seinem Sinne ein!

### Zweyter Auftritt.

#### Berger. Franz.

Franz. Sieh da, Herr Berger! Trifft man doch endlich einen gelegenen Augenblick!

Berger. Gewöhne es dir lieber ganz ab, mich bey meinem Nahmen zu nennen; du kannst mich einmahl verrathen. Nenne mich immer Carl, wir mögen allein seyn, oder nicht.

Franz. Ja, sie haben Recht; ich vergesse nur immer — Es ist noch niemand auf; lassen sie mich geschwind wissen, woran sie sind, was für Fortschritte sie machen.

Berger. Nun, sehr weit bin ich noch nicht. Ich muß mit vieler Vorsicht zu Werke gehen — und ich warte eigentlich, bis meine Frau hier Eingang gefunden hat. Mit vereinigten Kräften können wir alsdann rascher handeln.

Franz. Das ist wohl wahr. Indessen sind sie doch immer im Haus, und das ist ein wichtiger Punct.

Berger. Ach aber unter welcher Verkleidung? Ich, Bedienter!

Franz. Sie sind freylich zu bedauern. Aber es ist ja doch keine Schande, einem Onkel zu dienen. Ich bleibe dabey, der Einfall war gut, und die Ausführung glücklich. Unsre gestrenge Frau glaubt steif und fest, daß sie mein Vetter sind, und sie haben durch ihr gutes Aussehen meiner Empfehlung bey ihr Ehre gemacht.

Berger. Nie kann ich es dir vergelten —

Franz. Pfui, davon ist nicht die Rede! Achtzehn Jahre war ihr Vater mein Wohlthäter, und ehe ich das vergolten habe —! Ich habe sie auf die Welt kommen, ich habe ihre guten Aeltern sterben sehen —

Berger. Daß mir sie der Himmel so früh rauben mußte! Daß der jugendliche Leichtsinn, der mich Kriegsdienste nehmen ließ, so hoch aufgenommen werden mußte!

Franz. Ah was! Quälen sie sich nicht mit dem Vergangenen: bedenken sie lieber, wie bey dem Unglück so manches sich noch glücklich fügte, und wie gut sich alles anläßt. Die Frau Eberhard ist sonst so argwöhnisch, und hält den Herrn so gern allein! Ich begreife noch nicht, was sie auf den Einfall gebracht hat, nachdem sie kaum drey Monathe Wittwe war, mich, seinen Pathen hierher zu rufen. So konnte ich ihnen doch nützlich seyn, als sie mir sagen ließen, daß sie seit acht Wochen in Berlin wären, und sich nicht getrauten, zu ihrem Onkel zu gehen — Sie hatten Recht! In ihrer wahren Gestalt hätten sie keinen guten Empfang gefunden. Jetzt aber — Wissen sie wohl! daß ihr feines Wesen, ihre Jugend, der Dame in die Augen zu stechen scheint? Sie hat Geschmack, die Frau Eberhard!

Berger (lächelnd.) Ich rühme mich nicht gern, aber zuweilen sieht es allerdings aus, als ob sie mir ein Wörtchen im Vertrauen sagen wollte — und du kannst denken, daß ich eine solche Gunst zu schätzen weiß; sie muß Carln um so kostbarer seyn, als Berger sich bey dieser Dame sehr in Ungnade weiß.

Franz. Ey, ey! Sollte es wohl gar ein zärtliches Geständniß gelten? — Doch nein, die

Frau Eberhard ist ein Drache an Tugend. Unter uns gesagt, sie hat einen Liebhaber — Anton, der nach ihrem seligen Manne die Aufsicht über des Herrn Vermögen bekommen hat, scheint ihr sehr gewogen zu seyn; wenigstens möchte er sie gern heirathen — und dennoch ist sie mit ihm von einer Zurückhaltung!

Berger. Ja, ich habe es auch bemerkt.

Franz. Haben sie noch etwas bemerkt — daß sie dem Herrn Anton in den Tod zuwider sind?

Berger. Ich glaube es gern. Gegen meinen Onkel selbst beträgt er sich mit der unverantwortlichsten Frechheit, und überdem mag er fürchten, durch mich verdrängt zu werden.

Franz. Nun nun, sein Platz ist sehr gut, und ohne sie zu kennen, hat sie der Herr Kammerrath schon sehr lieb gewonnen.

Berger. So scheint es mir auch. Seine Zuneigung rührt mich, ganz unabhängig von den gerechten Absichten, zu deren Erreichung sie mir verhelfen kann. Der gute Mann hat im Grunde doch ein trauriges Daseyn. Sey es als Bedienter, sey es als Neffe, wenn ich ihm nur gefalle! Rühre ich auch eines Verwandten Herz nicht, so mache ich doch einem Herrn das Leben froher —

Franz. An diesen Gesinnungen erkenne ich den Sohn meiner lieben seligen Herrschaft — Sieh da, Hänschen, was bringst du?

## Dritter Auftritt.

Die Vorigen. Hänschen.

Hänschen (um sich sehend.) Warte, Papa!
Franz. Nun — was hast du da?
Hänschen (ihm einen Brief übergebend.) Der Vetter Haug hat mir das in die Hand gesteckt; er hat kein Wort dazu gesagt, und wie der Blitz war er weg. Laß mich auch laufen, Papa: wenn Herr Anton käme —! Ach Gott! — Auf Wiedersehen, Monsieur Carl!
Berger (liebkosend.) Adieu, Hänschen.

(Hänschen geht ab.)

## Vierter Auftritt.

Berger. Franz.

Berger. Artiger Knabe! — Was sind das aber für Heimlichkeiten?
Franz. Ich kann mir's schon denken — (Indem er den Brief öffnet) Ganz recht. Es ist der Zettel, den ich erwartete. Unsre Sache macht sich.
Berger. Wie?
Franz. Das Zeugniß von dem Haushofmeister, dem alten Bekannten unsers Herrn Antons — da, lesen sie.
Berger (lesend.) „Mein lieber Anton" — Wie ist das?

Franz. Der Zettel ist an Herrn Anton. Sie werden gleich sehen, warum.

Berger (fortfahrend.) „Ich habe erfahren, „daß ihr ein junges Mädchen sucht, um der „Haushälterinn bey euch zur Hand zu gehen. Ich „glaube, daß ich eure Sache habe: Die Ueber- „bringerinn dieses wird euch gewiß gefallen; sie „ist hübscher Leute Kind, nimmt Lehre an, hat „sich immer gut aufgeführt. Es ist freylich ihr „erster Dienst, aber die Frau Eberhard wird „sie leicht abzurichten wissen. Ich sage für das „Mädchen gut." —

Franz. Nun, dieser Paß wird ihre Frau Liebste bey uns einführen —

Berger. O dann ist alles gewonnen! Mein Oheim wird sie nur einen Augenblick zu sehen, zu hören brauchen, so liebt er sie gewiß. Du kennst sie nicht, Franz —

Franz. Doch!

Berger. Nun ja, ihr Aeußeres; aber ihr reitzendes, freundliches, verständiges Wesen — das kennst du nicht, das war es, was mich auf den ersten Blick einnahm. Ich sah sie in Königsberg, wo ich in Garnison war. Ich war so glücklich gewesen, ihrem Vater einen Dienst zu leisten: Ohne mich unter meinem wahren Nahmen zu kennen, nahmen mich die Aeltern mit der herzlichsten Liebe in ihrem kleinen häuslichen Zirkel auf. Ich sagte ihnen endlich, wer ich war. Meine Geschichte rührte sie, man fand Mittel mich frey zu machen, sie gaben mir ihre Tochter zur Frau. Nie hat sich Leonorens sanfte Güte verläugnet. Ich grämte mich wegen meines Oheims; gleich machte sie sich mit mir auf den Weg. Und hier wie in Königsberg, segnet sie ihr Loos; sie arbeitet und liebt mich: damit hat sie alles was sie braucht. Ja, ich ahnde es, das Ende unsrer Leiden naht sich. Es kann nicht fehlen, sie wird den Onkel bezaubern. Ich will bis dahin gern schweigen, gern und geduldig warten.

Franz. Lieber Gott, ich muß mich auch den ganzen Tag verstellen! Anfangs machte ich mir ein Gewissen daraus, so manches Böse hingehen zu lassen, und noch obendrein zu thun, als sähe ich nichts. Aber seit mich das in den Stand gesetzt hat, ihnen behülflich zu seyn, seitdem bin ich beruhigt. Niemand glaubt, daß ich das mindeste merke, indem ein jeder hier auf seine Weise stiehlt und plündert. Was die Köchinn alles auf die Seite schafft, das ist noch bloße Nachlese. Die Frau Eberhard hält die rechte Ernte; sie häuft täglich ein Sümmchen auf das andre. Und Herr Anton hat insgeheim ein großes Haus gekauft — rathe einmahl einer, auf wessen Kosten! Jeden Tag kommt irgend eine Geräthschaft hier weg; wenn das noch ein Weilchen währt, so präsentiren unsre Zimmer bald nur die kahlen vier Wände, und Herrn Antons Haus findet sich meublirt.

Berger. Ach und das alles wollte ich ihnen vergeben, wenn sie nur meinem Onkel seine alten

Tage verſüßten! Aber ſie beſtehlen ihn, und ſpielen dabey in ſeinem Hauſe die Herren. Der arme Mann! Er fühlt es, getraut ſich aber nicht zu klagen, und ſeufzt insgeheim —

### Fünfter Auftritt.

#### Die Vorigen. Frau Eberhard.

Franz (leiſe zu Bergern.) Da kommt die Frau Eberhard — ey, wie freundlich ſie bey ihrem Anblick wird!

Berger. Still doch! — Guten Morgen, Madame.

Fr. Eberhard (zu Bergern.) Guten Morgen, mein Freund. (Zu Franz, der ihr tiefe Reverenzen macht) Was thuſt du hier?

Franz. Wir plauderten, während daß man noch ſchlief.

Fr. Eberhard. Du kannſt unten bleiben, wenn du plaudern willſt.

Franz. Nun ja, mich fährt man an, und er iſt es, der mir beſtändig von der Frau Eberhard etwas zu ſagen hat!

Fr. Eberhard. Von mir? Nun zum Beyſpiel?

Franz. Eine Menge Sachen — zum Beyſpiel, daß ſie ſich alle Tage zu verjüngern ſcheinen —

Fr. Eberhard. Carl hat immer einen artigen, anständigen Ton; das ist aber Schmeicheley — Geh hinunter, und sey wachsam.

Franz. O man weiß ja, Gottlob, wohl —

Fr. Eberhard. Laß niemanden heraufkommen, bevor du mich gefragt hast.

Franz. Nein, nein.

Fr. Eberhard. Besonders gib auf die Briefe Acht, daß sie ja zuerst in meine Hände kommen.

Franz. Hm, ich glaube nicht, daß man eben mehr schreiben wird.

Fr. Eberhard. Thut nichts. Geh nur.

Franz (geht ab.)

## Sechster Auftritt.

### Frau Eberhard. Berger.

Fr. Eberhard (für sich, während daß Berger im Zimmer aufräumt.) Franz ist ein guter Bursche — aber was läßt sich auf solche Leute für Rechnung machen? Antons Absichten vertragen sich nicht mit den meinigen, und er wäre der letzte, dem ich mich anvertrauen möchte. — Mit diesem jungen Menschen wäre eher etwas anzufangen! Der Herr ist ihm gewogen; er ist klug, gescheid — Ja, ich will offen mit ihm sprechen — (Laut) Nun Carl, wie gefällt es euch hier?

Berger. Sehr wohl, wahrhaftig! Mir ist es, als ob ich zu Hause wäre.

Fr. Eberhard. Nun, führt euch nur immer vernünftig und ehrbar auf; der Dienst wird euch gewiß nicht gereuen. Ihr scheint dem Herrn Kammerrath schon sehr anzustehen —

Berger. Ihrer Fürsprache habe ich es zu verdanken, Frau Eberhard.

Fr. Eberhard. Wahr ist es, meine gute Meinung hat euch bey ihm nicht geschadet, und ihr mögt wohl bemerken, daß ich sein ganzes Vertrauen besitze.

Berger. Das konnte ihrer Geschicklichkeit, ihrer Erfahrung nicht fehlen.

Fr. Eberhard. Ach ich habe mir's auch sauer werden lassen, bis ich es so weit brachte! Denkt nur, ganzer zehn Jahre führe ich diese Haushaltung — (sich einen Augenblick sammelnd, und um sich sehend) Carl, ich muß endlich mit der Sprache gegen euch heraus. Ihr gefallt mir, ihr seyd verständig, bescheiden, still — Man braucht denn doch einen Vertrauten, auf dessen Beystand man rechnen kann, mit dem man ohne Rückhalt umgeht — Und da ihr kein Bedienter von gemeinem Schlage seyd —

Berger. Sie sind sehr gütig. Freylich habe ich —

Fr. Eberhard. So hören sie, lieber Carl; sie werden sehen, wie viel es mich gekostet hat, mich hier auf einen gewissen Fuß zu setzen. Was wir für Künste haben anwenden müssen, mein armer Eberhard und ich! — (Sich die Augen trocknend) Denn es sind noch keine zwey Jahre, daß ich Wittwe bin -- Es hat manchen harten Strauß gesetzt, bis es uns gelungen ist, alle Nachbarn, Freunde, Verwandten, ja selbst die letzten Vettern, zu vertreiben —

Berger. Endlich aber ist das Feld ganz leer —

Fr. Eberhard. Einen Neffen ausgenommen, der sich gar nicht bedeuten lassen will.

Berger. Kinder, wie ich sehe, hat der Herr Kammerrath nicht?

Fr. Eberhard. Nein.

Berger. Aber Neffen, sagen sie?

Fr. Eberhard. Nur einen; aber dieser einzige macht mir so viel zu schaffen! — Lieber Gott, ich sehe ja doch, wohin das führen würde! Käme er in's Haus, so hätte ich bald meinen Abschied.

Berger. Freylich wohl!

Fr. Eberhard. Was ich mir aber auch seinetwegen für Mühe gegeben habe! Schon bey'm Vater habe ich anfangen müssen — er war zwar nur der Schwager unsers Herrn, dennoch liebten sie einander —

Berger. Wie leibliche Brüder?

Fr. Eberhard. Sie zu entzweyen, wäre ein allzukühner Anschlag gewesen. Aber zu einem gewissen Kaltsinn habe ich den Herrn zu stimmen gewußt —

Berger. Ich verstehe.

Fr. Eberhard. Gegen einen Abwesenden hat man so manchen Vortheil! Verschiedne Unglücksfälle brachten ihn um sein Vermögen; ich schob es, wahrscheinlich genug, auf Mangel an Conduite —

Berger. So, so!

Fr. Eberhard. Endlich starb er, Gottlob, in seinen besten Jahren — Was haben sie?

Berger. Nichts — ich höre ihnen zu.

Fr. Eberhard. Er hinterließ einen einzigen Sohn, eben diesen Neffen, den ich fürchte.

Berger. Den sie? — Eitler Schrecken! Er ist es, der sie zu fürchten hat.

Fr. Eberhard. Wie die Sachen jetzt stehen, freylich! Damahls aber hätte ihn der Onkel, wenn ich nicht gewesen wäre, zu sich genommen. Lassen sie ihn in seinem Städtchen, sagte ich; dort wird sein Unterhalt weniger kostspielig seyn — ich will alles besorgen. — Nun, der Unterhalt fiel sehr knapp aus, wie sie wohl denken können. Der junge Mensch wußte nicht fertig zu werden, er klagte: alles umsonst — darauf ließ er sich anwerben. Jetzt war mir geholfen. Ich wußte geschickt diesen Jugendstreich zu übertreiben — und denken sie nur, noch immer wollte ihn der Herr entschuldigen!

Berger. Er ist so gut!

Fr.

Fr. Eberhard. Unser Soldatchen schrieb einen zärtlichen, reumüthigen Brief — ich unterschlug ihn, und noch ein Paar Duzend Sendschreiben dazu: ich habe einen ganzen Koffer voll!

Berger. Die Vorsicht mochte nöthig seyn.

Fr. Eberhard. Zwey oder drey von seinen Briefen habe ich dem Herrn vorgelesen — mit Fleiß, verstehen sie; ich fand manches darin auszulegen, zuzustutzen —

Berger. Ja, das kann ich mir denken.

Fr. Eberhard. Er machte sich endlich selbst den Garaus.

Berger. Ey, wie fing er denn das an?

Fr. Eberhard. Er verheirathete sich verwichnes Jahr aus Liebe, ohne Vorwissen seines Onkels —

Berger. Ohne Vorwissen? Er hatte nicht geschrieben? —

Fr. Eberhard. Das heißt, der Herr hat nichts davon erfahren. Nun habe ich das alles mit den schwärzesten Farben ausgemahlt. Gegen die Frau wäre an sich weiter nichts einzuwenden gewesen; aber ich habe sie, unter uns gesagt, als eine elende Abentheuerinn geschildert. Der Alte ist wüthend geworden, er will von seinem Neffen nichts mehr hören, ja sein Nahme darf nicht mehr vor ihm ausgesprochen werden.

Berger. Ein wahres Meisterstück! Und nun genießen sie den Lohn ihrer Bemühungen —

Alte Junggeselle. B

Fr. Eberhard. Noch nicht ganz — (sich noch einmahl umsehend) sie sollen alles wissen. Selbst Anton darf das kützliche Geheimniß nicht merken, das ich ihnen jetzt anvertrauen will. Der Anschlag ist kühn — Um mich des Herrn noch sichrer zu bemeistern, denke ich — —

Berger. Nun?

Fr. Eberhard. Ihn zu heirathen.

Berger. Ah! — Ja, das ist allerdings ein kühner Anschlag.

Fr. Eberhard. Mein Gott, sonst habe ich doch jeden Augenblick vor jenem Neffen, vor irgend einer Nichte zu zittern!

Berger. Das ist wohl wahr — Sie haben also etwas Hoffnung?

Fr. Eberhard. Etwas — ja! Seit einem Jahr verberge ich mein Spiel so geschickt als ich kann. Nun erstlich, einem Mann, der niemanden sonst sieht, von Heirath vorsprechen —

Berger. Kann freylich zum Ziel führen.

Fr. Eberhard. Ich unterhalte ihn mit reitzenden Gemählden des ehelichen Lebens; ich lese ihm, gleichsam zufällig, verführerische Stellen vor; ich halte zur rechten Zeit inne, daß er sich an der Vorstellung weiden kann —

Berger. Vortrefflich!

Fr. Eberhard. Dieß Haus ist für ihm die ganze Welt: mit Willen habe ich seinen Pathen Franz, sammt Frau und Kindern, kommen lassen. Das frohe Paar, die Spiele, die Liebkosungen der Kleinen — das alles rührt ihn, und stimmt ihn nach und nach, wie ich ihn haben will. Ich sehe ihn täglich weicher werden, und oft, wenn er sich allein glaubt, scheint er in Träumereyen versunken, die mich — oder ich müßte mich sehr irren — das Beste hoffen lassen. Sehen sie, mein Freund, so weit bin ich.

Berger. Nun, das will schon etwas sagen.

Fr. Eberhard. Recht gut, aber in dieser Sache gilt kein Feyern. Der Herr läßt sich gern mit ihnen ins Gespräch ein; er theilt sich überhaupt leicht mit — wenn er in solchen Augenblicken etwa seufzen sollte, wenn sie ihn mißmuthig, betrübt fänden, dann könnten sie einfliessen lassen, daß er so gar allein ist — welchen Trost ihm eine Gefährtinn, eine Gattinn gewähren würde — Auf mich fällt die Rede doch leicht; sie können ihm sagen — was weiß ich? Wenn Franz mir vorhin nicht log, so — — Sagen sie zum Beyspiel, wie sie in's Haus gekommen wären, hätten sie mich für die Frau Kammerräthinn angesehen —

Berger. Ja —

Fr. Eberhard. Kurz, sie haben Verstand, und ich zähle darauf, daß sie —

Berger. O ja — gewiß — ich —

Fr. Eberhard. Sie verstehen mich also doch?

Berger. Seyn sie ganz ruhig. Ich werde so sprechen — wie sie an meiner Stelle sprechen würden.

Fr. Eberhard. Sie verbinden keine Undankbare — und — die Zeit —

Berger. O! — Die Bewegungsgründe, nach denen ich handle, sind zu rein —

Fr. Eberhard. Still — Ich höre den Herrn.

### Siebenter Auftritt.

Die Vorigen. Der Kammerrath.

Kammerrath. Ah, Frau Eberhard? — Guten Morgen!

Fr. Eberhard. Sind sie schon auf, Herr Kammerrath? Wie haben sie geruht?

Kammerrath (freundlich zu Bergern.) Du bist auch da, Carl?

Fr. Eberhard. Sie scheinen nachdenkend — Sollten sie schlecht geschlafen haben?

Kammerrath. Ich? O nein —

Fr. Eberhard. Ich irre mich doch so leicht nicht: gestern sahen sie lachender aus.

Kammerrah. Meinen sie? Ich habe indessen zeitlebens nicht viel gelacht.

Fr. Eberhard. Was gilt die Wette? Es ist wieder ihr Neffe, der ihnen im Kopfe herumgeht? Gestehen sie es nur —

Kammerrath. Ach, der Gedanke verfolgt mich freylich ohne Aufhören — und wirklich, Kinder, er läßt mir selbst bey Nacht keine Ruhe!

Fr. Eberhard. Sie haben vielleicht neue Ursachen, mit Herrn Berger unzufrieden zu seyn?

Kammerrath. Nein — das nicht.

Fr. Eberhard. Aber so schlagen sie sich ihn doch lieber aus dem Sinn. Seit mehr als acht Jahren ist der Undankbare auf nichts anders bedacht, als ihnen Kummer und Schande zu machen. Vergessen sie ihn. Beschäftigen sie sich mit angenehmeren Vorstellungen —

Kammerrath. Ach hassen kann ich ihn, aber nicht vergessen!

Fr. Eberhard. Von treuen, zärtlichen Hausgenossen umgeben, was wünschen, was vermissen sie noch?

Kammerrath. Gewiß, Kinder, ich weiß eure Liebe zu schätzen.

Fr. Eberhard. Ich muß sie jetzt verlassen, um nach dem Hauswesen zu sehen. Aber Carl bleibt bey ihnen, und er wird ihnen die Zeit vertreiben.

Berger. Wie glücklich wäre ich, ihre Stelle ersetzen zu können, Frau Eberhard!

Fr. Eberhard (im Abgehen leise zu Bergern.) Vergessen sie nicht —

Bergen (leise.) Nein, nein!

## Achter Auftritt.

### Der Kammerrath. Berger.

Kammerrath. Die Frau ist ein wahrer Schatz! Mit welchem Eifer sie sich meiner annimmt!

Berger. O ja — allerdings! Doch wer möchte es für ihren Dienst an Eifer fehlen lassen?

Kammerrath. Du wenigstens gewiß nicht, guter Carl, und ich kann dir nicht genug sagen, wie zufrieden ich mit dir bin.

Berger. Sie sehen meiner Unerfahrenheit etwas nach, und mit dem herzlichen Wunsch, es recht zu machen, bildet man sich leicht. Man kann nicht ganz schlecht dienen, wenn man mit Liebe dient.

Kammerrath. Das thust du — ja, das merke ich dir an. Aber ich vergelte es dir auch. Ich weiß nicht, welches eigne Vergnügen ich darinne finde, dich reden zu hören — mit dir zu plaudern. Es ist mir, als fühlte ich mich bey dir allein so ganz frey?

Berger. Mein bester — mein theuerster Herr!

Kammerrath. Mein Herz ist voll: es möchte sich gern ergießen. Aber vergebens sehe ich mich um — ich finde keinen Freund dem ich mein Leid klagen könnte.

Berger. Ihr Leid? Wie! Sollten sie? —

Kammerrath. Ach Carl — ich scheine dir glücklich; ich bin es nicht — du siehst, ich bin allein auf Erden, traurig allein — Was hilft es? Die Reue kommt zu spät. Hätte ich geheirathet, als es noch Zeit war — —

Berger. Früh geknüpft, bereiten diese Bande freylich das wahre Glück des Alters.

Kammerrath. Das sehe ich jetzt wohl ein. Ich möchte — Eitle Wünsche!

Berger (für sich.) Ach! — (Laut) Sonst hatten sie also Gründe, um unverheirathet zu bleiben?

Kammerrath. Ja wohl — Gründe, die ich für sehr triftig hielt. Sieh nur; ich führte meinen Handel in Gesellschaft mit einem jungen Menschen, der sich aus Liebe verheirathet hatte. Seine Frau machte ihm zehn Jahre lang das Leben zur Hölle. Den Anblick hatte ich immer vor Augen, und er gab mir wenig Lust zum Ehestand.

Berger. Ein solches Beyspiel war freylich abschreckend.

Kammerrath. Selbst mit der Aussicht, eine glücklichere Wahl zu treffen, hätte ich einen Absich gefürchtet, der meinem Freunde sein Elend noch drückender gemacht hätte. Er starb. Die Handelsgeschäfte fielen nun auf mich allein zurück, und ich hatte wenig Zeit, an das Heirathen zu denken. Endlich gab ich den Handel auf —

Berger. Da waren sie frey —

Kammerrath. Und wenn ich geheirathet hätte, wäre ich es nicht mehr gewesen. Man legt sich Fesseln auf —

Berger. Blumenkränze, wenn sie zwey gute Seelen an einander knüpfen! Um dieser Knechtschaft zu entlaufen, geräth man oft in eine härtere.

Kammerrath. Ich fand so manches zu bedenken. Die Weiber — von ihrer Tugend will ich nicht sprechen, ich glaube gern daß man ihnen in diesem Stück zu viel thut — aber ihre Prachtliebe, ihre Koketterie! Wie viele gibt es nicht, die man allerliebst finden muß, so üble Gefährtinnen sie auch für die Reise des Lebens abgäben! Wie viele Ehemänner scheinen beneidenswürdig, die im Grunde des Herzens ihr Loos verwünschen!

Berger. Aber eine Gattinn, bescheiden in ihren Wünschen, einfach in ihren Neigungen, die kein andres Glück kennt, als ihrem Mann zu gefallen —

Kammerrath. Nun ja — wie oft zieht man aber dieses Loos?

Berger. Nicht so selten, als mancher sich einbildet. Ich selbst, so jung ich bin, ich habe solche Weiber gesehen.

Kammerrath. Das war nun noch nicht alles. Ueberhaupt war mir bange vor tausenderley Plackereyen, Sorgen —

Berger. Wo fehlt es je an denen? Im Schooß einer geliebten Familie haben selbst die Sorgen ihr süßes. Unter feilen, fremden Hausgenossen entgeht man den Plackereyen auch nicht, und die leere des Herzens, die Langeweile hat man obendrein —

Kammerrath. Ach Carl, so geht es mir! Meine Leute — sie sind mir sehr zugethan, ich glaube es; aber ich sehe sie alle, sich eine Herrschaft über mich anmaßen —

Berger. In der That —

Kammerrath. Ich muß es dir nur gestehen: das verwundet mich bis in's Innerste — wie oft schäme ich mich meiner Schwäche! wie oft fühle ich mich versucht, dieses Joch abzuschütteln! Du siehst den Anton — fünf bis sechsmahl schon habe ich ihm seinen Abschied gegeben: am Ende behalte ich ihn doch immer! Was willst du? Er ist heiß vor der Stirne, aber im Grunde ein ehrlicher Mensch — Selbst mit der Frau Eberhard setzt es dann und wann einen Strauß; ich suche ihr begreiflich zu machen, daß mir früh oder spät die Geduld — ach aber, auf seine alten Tage hat man so wenig Muth! Sie streicht dann wohl die Segel, läßt das Wetter vorüberziehen, und hat mich bald desto sicherer am Seile —

Berger. Ich begreife das wohl.

Kammerrath. Lieber Gott! Setz dich nur einen Augenblick an meine Stelle. Alt und allein

— ganz, ganz allein! Du weißt nicht, in welcher tiefen Einsamkeit ich lebe — Ich hatte niemanden, als einen Neffen, der meine Stütze seyn konnte — er gibt mir einen Stoß mehr nach dem Grabe!

Berger. Dieser Neffe — verzeihen sie — er hat sich also schwer gegen sie vergangen?

Kammerrath. Ach! — Es gibt kein Verbrechen, dessen er nicht fähig wäre. Wenn du wüßtest — doch nein. Still von diesem Elenden!

Berger. Elend — das muß er seyn, da er ihnen mißfallen hat.

Kammerrath. Er lacht zu meinem Gram!

Berger. Wie? Ein junger Mann — und eine so unnatürliche Härte! Ich kann mir das nicht denken, ich fühle es an mir selbst, daß dieß unmöglich ist: ihr Kummer geht mir so nahe —

Kammerrath. Ja, du! Du bist gut, brav, gefühlvoll — Aber Berger — er ist ein unempfindlicher Bösewicht!

Berger. Ja, das müßte er seyn, wenn — sie kennen ihn also genau?

Kammerrath. Aus seinen Handlungen — nur zu gut! Das erste was er that, war wie ein Taugenichts unter die Soldaten zu gehen.

Berger. Das war unrecht. Aber ein Verbrechen, das ihn auf immer bey ihnen in Ungnade bringen mußte, sehe ich darin doch nicht.

Kammerrath. Und wie hat er sich in seiner Garnison aufgeführt?

Berger. Hatten sie davon so sichre Nachrichten?

Kammerrath. Seine eignen Briefe sagten mehr als zu viel —

Berger. Er schrieb ihnen also?

Kammerrath. Mit einer Frechheit! Einst — ich schaubre noch, wenn ich daran denke — einst drohte er mir, hierher zu kommen, das Haus anzustecken —

Berger. Gott! Welche abscheuliche Verrätherey!

Kammerrath. Nicht wahr? Du geräthst selbst in Wuth?

Berger. — — Erlauben sie, Herr Kammerrath — den Brief haben sie selbst gelesen?

Kammerrath. Nein — ich hätte es nicht ausgehalten. Frau Eberhard las mir — die Hälfte des Briefes; aus Mitleiden erließ sie mir das Uebrige. Endlich — so vieler andrer schlechten Streiche nicht zu gedenken — endlich geht er gar die schändlichste Heirath ein —

Berger. Schändlich? — (Einlenkend, für sich) Leonore, du kommst ja heute! — (Laut) Ach, wenn man sie hintergienge! —

Kammerrath. Und wer denn?

Berger. Ich weiß nicht — Aber ich kann nicht glauben, daß man so ausartet. Nein! Der Sohn ihrer Schwester —

Kammerrath. Schweig. Daß du nie mir ihn nennst! Hörst du? — (Freundlich) Im Grunde rührt mich dein Eifer, er macht deinem Herzen Ehre —

Berger. Sie mit ihrem einzigen Verwandten wieder versöhnt, diesen bey ihnen wieder in Gnade zu sehen — ja, alles gäbe ich darum!

Kammerrath. Guter Carl!

Berger. Ich hätte etwas außer dem Haus zu thun — Wollten sie mir wohl auf ein Stündchen Urlaub geben!

Kammerrath. Ja, Carl, ja, geh nur — und komm bald wieder. (Er geht hinein.)

Berger. Nun zu meiner Frau! Es ist Zeit, daß sie sich zeigt. (Ab.)

# Zweyter Aufzug.

## Erster Auftritt.

Der Kammerrath allein, ein Buch in der Hand.

Wahr! Und tröstlich genug — nur für mich nicht! „Die Hoffnung ist der Erstling des Genusses" — Ja ja, wenn ich Kinder hätte, dann wüßte ich was Hoffnung wäre — (Das Buch verdrießlich hinlegend) Für einen alten Junggesellen gibt es keine Zukunft — Das langweilige Lesen! Nichts macht mir mehr Vergnügen — Ich hatte zwar von jeher nicht viel Zeitvertreib; jetzt aber ist es mir, als gewänne die Langeweile täglich mehr Raum um mich — Es ist alles so still! (Er horcht) Wie? sind das nicht unten die Kleinen —? Mich dünkt, ich höre Lottchen schreyen — ob sie vielleicht gefallen ist? Draußen scheint mir niemand zu seyn — Was machen sie nur alle? (Er ruft) Frau Eberhard — Anton! — Keine Antwort — Wie vielmahl des Tages geschieht mir das? —

Nun, Carl hat um Urlaub gebethen, er wollte für sich ausgehen — Ueber ihn kann ich nicht klagen; er ist fast immer bey der Hand — (Er setzt sich nieder.)

## Zweyter Auftritt.
### Der Kammerrath. Franz.

Franz (von weitem, bey Seite.) Die sind ausgegangen — ich will zu ihm.

Kammerrath (sich noch allein glaubend.) Sein sanftes, herzliches Wesen hat mich schon oft erquickt.

Franz (wie oben.) Der gute Pathe! Er spricht — und hat niemanden, der ihm antwortet! (Er tritt näher.)

Kammerrath. Du bist es Franz? Wo sind denn die Leute alle?

Franz. Die Leute sind alle ausgegangen.

Kammerrath. Frau Eberhard auch?

Franz. Auch! — (Für sich) Ein jeder hat hier seine Geschäfte — (Laut) Unter uns gesagt, Herr Kammerrath, ich habe die Gelegenheit benutzen wollen, um ihnen meinen kleinen Besuch zu machen. In zwey Tagen habe ich sie nicht gesehen —

Kammerrath. Ich danke dir, Franz. Du machst mir Vergnügen.

Franz. Sie scheinen ja ganz in Gedanken?

Kammerrath. Ah — die Einsamkeit!

Franz. An die müssen sie doch gewöhnt seyn?

Kammerrath. Freylich, was man nicht ändern kann — Das Wetter ist aber heute so finster — so langweilig!

Franz. Je, das kann ich nicht finden — Ich weiß nicht was das ist, ein langweiliges Wetter. Wenn das Wetter gut ist, so freue ich mich über das gute Wetter; ist es schlecht, so habe ich meine Freude an meinem Stübchen. Mir gilt das alles gleich, ich bin immer vergnügt.

Kammerrath. Das sehe ich.

Franz. Ich weiß aber auch warum ichs bin. Erstlich habe ich in meinem lieben Pathen den besten Herrn gefunden. Nun — und bey dem bischen Dienst unten, kann ich nebenher auch noch ein Handwerk treiben. Ja, sehen sie, da bringt man doch etwas vor sich, und sammelt fürs Alter, dieweil man jung ist.

Kammerrath. Das ist recht. Franz könnte einem Lust machen, glücklich zu seyn.

Franz. Und eine Frau nicht zu vergessen — eine goldige Frau! Sie geht in ihr dreyßigstes Jahr: mir kommt sie manch Mahl noch so jung vor, wie an unserm Hochzeittag. Dafür hat sie aber auch keine Launen, ist immer lustig, immer guter Dinge — sie rennt hin, sie rennt her, immer schafft sie, und in einem Hui hat sie immer alles geschafft, und findet dabey noch immer Zeit zu einem freundlichen Wort, zu einem närrischen Streich. Und die Kinder! Ohne Ruhm zu melden, es sind allerliebste Rangen — die machen ein Gewirr! Die laufen durch einander —

Kammerrath. Davon muß dir aber der Kopf wüst werden.

Franz. Zuweilen wohl, allein es ist doch eine Lust, und neben allem dem Lachen und Schäkern geht die Arbeit fort. Doch Abends, wenn gefeyert wird, und wir so alle beysammen sitzen — denn die Kleinen essen jetzt mit am Tisch! — Die Freude sollten sie mit ansehen! Ich denke manch Mahl: ginge es doch im ersten Stockwerk nur halb so lustig her, wie hier unten!

Kammerrath. Ein jeder macht sich nach seiner Weise glücklich!

Franz. Ach aber, die unsrige ist die rechte, und sie sind so gar glücklich nicht. Es ist doch auch ihre Schuld —, warum blieben sie ledig? Bey einem Vermögen, wie das ihrige, hätten sie ja unter tausend Mädchen die Wahl gehabt.

Kammerrath. Was willst du? Ich liebte zeitlebens den ehelosen Stand.

Franz. Ein schöner Stand, wo einen niemand hält, wo man niemand lieb hat! Nein, nein, reich oder nicht, man muß freyen. Ich wette, wenn man dem ärmsten Teufel ein Haus, mit Kutsche und Pferden, und vielem Gelde anböthe, damit er ledig lebte — er würde sich bedanken, und seine Hütte, seine Cartoffeln, und seinen Taglohn lieber mit einer Frau theilen.

Kammerrath. Genug.

Franz.

Franz. Was ich da schwaße, lieber Herr, das ist aus purer Freundschaft; denn sehen sie, sie dauern mich wahrhaftig —

Kammerrath. Ich daure dich?

Franz. Oft möchte ich mich schämen, daß ein Mensch wie ich — denn was bin ich gegen sie? ein armer Tropf — daß der doch glücklicher ist — Gewiß, ich ziehe mirs ordentlich zu Herzen!

Kammerrath. Ich bin dir für dein Mitleiden verbunden — (aufstehend) doch von etwas anderm!

Franz. Nun ja — sie klagen über Langeweile. Hätten sie doch nur irgend einen Verwandten um sich, der ihnen Gesellschaft leistete!

Kammerrath. O ja — du siehst meinen Neffen!

Franz. Ueberdem muß ich mich wundern. Ich erkenne ihn an den bösen Streichen gar nicht —

Kammerrath. Wie ist mir denn? Du hast ihn, meine ich, viel gesehen?

Franz. Lieber Gott, ich sah ihn auf die Welt kommen. Seitdem habe ich zehn Jahre unter einem Dache mit ihm gelebt.

Kammerrath. Nun sag mir aber, Franz — er mußte doch von Kindheit auf sehr unbändig seyn?

Franz. Ach nein — es war die sanfteste Seele!

Kammerrath. Welch Geschwätz!

Alte Junggeselle.               C

*Franz.* Darf ich's auch sagen, wie ich's denke? An eine solche Veränderung kann ich nicht glauben. Wenn man ihn nur nicht —

*Kammerrath.* Eine sanfte Seele, sagst du?

*Franz.* Der beste junge Mensch von der Welt. Er war der Augapfel seiner Mutter. Ach daß er die verlieren mußte! Ein Onkel war ihm übrig geblieben — den er aber nie zu sehen bekam —

*Kammerrath* (wendet sich gerührt ab.)

*Franz.* Nun war er verlassen, ohne Stütze, ohne Mittel —

*Kammerrath* (der Anton kommen sieht.) St!

## Dritter Auftritt.

Der Kammerrath. Franz. Anton.

*Kammerrath.* Was bringt ihr, Anton?

*Anton* (immer in einem rauhen Ton.) Geld, mein Herr, Geld bringe ich ihnen — hundert blanke Louisd'ors. Hier sind sie.

*Kammerrath.* Die Summe ist nicht groß — sie kommt mir indessen doch gelegen. Es ist sehr lange her, daß ich nichts eingestrichen habe.

*Anton.* Ist denn das meine Schuld? Kein Pachter will etwas zahlen. Die schweren Zeiten — Das Lied singen sie alle!

*Kammerrath.* Ach freylich —

*Anton.* Und wie sie's auch noch machen! Lasse ich einmahl einen zu ihnen, gleich erlassen sie ihm alles.

Kammerrath. Das ist ja doch natürlich.

Anton. Womit deckt man aber die Kosten? Thalheim brauchte Reparaturen. In Schönfeld muß ich bauen lassen. — Ich sage es ihnen auch vorher, Herr Kammerrath: sie werden in ein Paar Jahren nicht viel Geld zu sehen bekommen. Es ärgert mich genug! Man könnte denken, ich brächte meine Schäfchen in's Trockene, und beym Lichte besehen, thu ich von den meinigen dazu.

Franz (bey Seite.) Oho!

Anton (sich gegen Franz wendend.) He? Was ist?

Franz. Wie? Ich habe nichts gesagt —

Anton. Was machst du hier? Du wohnst wohl gar im ersten Stockwerk? Eine schöne Wirthschaft —

Franz. Der Herr war allein, und ich wollte ihm die Zeit vertreiben —

Anton. Allerliebst! Daß unterdessen ein und aus ginge wer wollte —

Franz. Die Frau ist unten.

Anton. Du sollst unten seyn; du hast unten Bescheid zu geben, wenn jemand kommt —

Kammerrath (zu Anton.) Ihr fahrt ihn doch gar zu hart an —

Anton. Ein jeder hat seine Art. Nun, wird's bald?

Kammerrath. Einen Augenblick —

Franz. Wenn es der Herr haben will, kann ich ja doch wohl bleiben.

Anton. Du raisonnirst noch?

Kammerrath. Anton!

Anton. Nun ja! Das liebe Pathchen — dem muß immer das Wort geredet werden. Ich muß mir alle Inpertinenzen von ihm gefallen lassen —

Franz. Aber was thue ich denn?

Anton. Du gehorchst nicht.

Franz. Wem aber nicht? Wer ist denn meine Herrschaft, und wem habe ich zu gehorchen?

Kammerrath. Ja, er hat Recht —

Anton. Wie?

## Vierter Auftritt.

Die Vorigen. Frau Eberhard.

Fr. Eberhard. Ey, ey — Anton wird gewiß wieder hitzig?

Kammerrath. Dieß geht wahrlich zu weit —

Anton. Franz soll herunter gehen, wo er hin gehört; er widerstrebt mir, und der Herr unterstützt ihn. Was sagen sie dazu, Frau Eberhard?

Fr. Eberhard. Wie? Das ist die ganze Ursache von allem dem Lärm?

Kammerrath. Ah — wegen der Sache ists auch nicht; aber der Ton!

Fr. Eberhard. Ja, sie haben wohl Recht; aber sie kennen ihn! Der liebe Herr Anton — gleich ereifert er sich.

Anton (sprudelnd.) Ey zum Henker —

Fr. Eberhard. Pfui, pfui! Franz ist ein guter Bursche, und er gibt gewiß nach — (gebietherisch zu Franz) Nun, Franz, geh hinunter, ich bitte dich.

Franz. Je, ich gehe ja schon!

Fr. Eberhard. So recht —

Franz (bey Seite im Abgehen.) Es ist doch ein Elend, wie die Spitzbuben mit dem armen Mann umgehen!

## Fünfter Auftritt.

Der Kammerrath. Frau Eberhard. Anton.

Fr. Eberhard. Nein, Herr Anton, das muß wahr seyn — Sie thun gewiß nicht recht!

Kammerrath (noch entrüstet.) Ich lasse mir vieles gefallen; aber das heißt auch die Gutherzigkeit mißbrauchen —

Fr. Eberhard (zu Anton.) Dieß Mahl kann ich sie wahrlich nicht entschuldigen. Nun ja, sie sind ein redlicher Mann, ein wahrer Biedermann. Aber unartig, unhöflich, und gegen einen Herrn zumahl, muß man darum doch nicht seyn.

Anton. Aber ich habe ja nur —

Kammerrath. Gleich wird er giftig, und sagt mir Dinge — und noch dazu in Franzens Gegenwart!

Fr. Eberhard. O so arg hätte ichs doch auch nicht gedacht — Anton! —

Anton. Ich schwöre es ihnen, bloß in der Hitze war es, daß —

Fr. Eberhard. Ja, dafür stehe ich selbst!

Anton. Ey, der Herr Kammerrath weiß ja doch, mit welchem treuen Eifer ich ihm diene —

Kammerrath. Das muß ich freylich wissen, denn sonst ——

Fr. Eberhard. Nun, nun, sie sind jetzt wieder gut — Der Herr Kammerrath gefällt sich zu Hause, unter uns; dafür ist es auch billig, daß wir ihn glücklich machen, daß wir uns alle mit einander vertragen —

Kammerrath. So! Nun ist's genug — wir wollen davon nicht weiter sprechen.

Fr. Eberhard. Nein, gar nicht mehr — (Sie reicht ihm mit eifriger Zuthunlichkeit seine Handschuhe und seinen Hut.)

Kammerrath. Ist die Sonne etwas herausgekommen? — Nun ich will ein Viertelstündchen im Thiergarten auf und abgehen —

Fr. Eberhard. Kommen sie aber ja bald wieder, daß sie vor dem Mittagsessen noch einen Augenblick ausruhen können.

Kammerrath. Ja, ja — (Er geht ab.)

## Sechster Auftritt.

#### Frau Eberhard. Anton.

Anton. Was sagen sie dazu, Frau Eberhard? Wenn wir dem Dinge nicht steuern, setzt er uns noch den Daumen auf's Auge.

Fr. Eberhard. Wir sind allein — besinnen sie sich, Anton; sie gehen wirklich zu weit, und es wäre kein Wunder, wenn der Herr die Geduld verlöre.

Anton. Oh, das möchte ich einmahl sehen!

Fr Eberhard. Da haben wir's! Diese Zuversicht könnte ihnen endlich schaden. Ich warne sie als Freundinn, setzen sie sich nicht aus —

Anton. Pah, eher spränge das Haus in die Luft, als daß ich es wider meinen Willen räumte! — Aufrichtig zu reden, Frau Eberhard, das wäre meine geringste Sorge, wenn sonst alles wäre wie es sollte. Wie ich mit ihnen daran bin, möchte ich wissen. Es ist nun doch lange genug her, daß ich auf unsre Verheirathung bringe. Was sollen die Ziererenyen bedeuten? Gehen sie endlich mit der Sprache heraus; sagen sie ja, oder —

Fr. Eberhard. Das ist aber eine sonderbare Art, einem Frauenzimmer zuzusetzen —

Anton. Sonderbar oder nicht! Ich schlage gern den Nagel gleich auf den Kopf. Galant bin ich nicht, aber sie gefallen mir —

Fr. Eberhard. Herr Anton —

Anton. Nun ja, ein Wort so viel wie tausend! Ich weiß doch auch, was zu einer Frau gehört — Sie sind noch frisch, ich bin eben nicht alt. Nichts auf der Welt kann sich besser schicken — und ich dächte, es wäre des einen Vortheil wie des andern. Ich kann mit einem ganz hübschen Vermögen auch dienen, das wissen sie. Ihnen habe ich just nicht nachgerechnet; aber ich meine wohl, sie werden sich auch nicht vergessen haben. Nun, Frau Eberhard —

Fr. Eberhard. Ich fürchte — zum zweyten Mahl — meine Freyheit —

Anton Alles haben sie zu fürchten, wenn wir uns vereinigen. Ich glaube, sie verstehen mich. Wir wissen beyde von einander zu erzählen — wenn wir uns aber vertragen, wenn wir für einen Mann stehen, dann bleibt was wir wissen hübsch unter uns. —— Daß ich's nicht vergesse, Frau Eberhard, ich glaube die Person gefunden zu haben, die wir in's Haus nehmen wollen —

Fr. Eberhard. Wir? Ich bin darüber noch nicht mit ihnen einverstanden —

Anton. Sie brauchen doch jemanden, der ihnen beysteht —

Fr. Eberhard. Ganz und gar nicht —

Anton. Doch, doch! Und dann müssen sie eine Nachfolgerinn in Bereitschaft haben —

Fr. Eberhard. Wie? Eine —

Anton. Nun, bis in unsre alten Tage wollen wir doch nicht dienen? Unser Dienst ist zwar leicht; wenn man aber selbst Leute halten kann, wird man ja nicht —

Fr. Eberhard. Sie sehen das falsch an. Wir thun gewiß besser, wir warten — nun ja, bis wir unsern Herrn die Augen schließen.

Anton. Oh, das könnte noch eine Ewigkeit währen — Der Herr ist erst in seinem fünf und sechzigsten Jahr. Nein nein, es ist Zeit, daß wir uns für uns selbst ansiedeln. Und um das mit Ehren und in voller Sicherheit zu thun, lassen wir Leute hier, die wir selbst ausgesucht haben, die wir zu diesem Dienst abrichten, die nach unsrer Pfeife tanzen müssen, und uns bey dem Herrn vertreten —

Fr. Eberhard. Wer steht uns dafür, daß sie nicht für ihre Rechnung werden arbeiten wollen? — Nun, wir wollen schon sehen —

Anton. Ah was, immer Aufschieben!

Fr. Eberhard. O, etwas weniger Ungeduld —

Anton. Etwas mehr Geradheit, Frau Eberhard — das Zögern leide ich nicht länger. Morgen will ich Antwort haben —

Fr. Eberhard. Nun wohl — morgen! (Im Abgeben, für sich) So muß ich bis morgen alle Segel spannen!

Anton (allein.) Ja ja, ich habe es wohl überlegt — wir müssen Mann und Frau werden, und das je eher je lieber. Hohl der Henker die alten

Junggesellen! Da haben wir das Exempel — Eine Frau hilft zu Rathe halten; man hat Kinder, für die man spart — — Wie? Was ist das für ein Mädchen? Sollte es wohl gar? — Schon!

### Siebenter Auftritt.

#### Anton. Leonore.

Anton. Was gibt's?

Leonore (zitternd.) Herr — Anton —

Anton. Nun ja — was soll er?

Leonore. Ich komme vielleicht ungelegen — ich dachte, sie wüßten schon — ich dachte, daß ihnen der Herr Haushofmeister —

Anton. Aha! Nun verstehe ich — Sie ist das Mädchen, daß hier in Dienst will?

Leonore. Ja, wenn ich ihnen — wenn sie nichts dawider — Wollten sie die Güte haben, diesen Zettel anzusehen?

Anton (sich setzend.) Sie zittert ja!

Leonore. Ich — Verzeihen sie —

Anton. Nun nun, sammeln sie sich — (Leichtbin'lesend) „Hübscher Leute Kind, nimmt Lehre an, hat sich immer gut aufgeführt" — (Sie starr ansehend) Hm! darnach sieht sie schon aus —

Leonore. Sie sind allzugütig —

Anton. Sie heißt?

Leonore. Leonore.

Anton. So, so! — Und ihr Alter? Zwanzig Jahre, denke ich?

Leonore. Noch nicht völlig.

Anton. Hat sie nicht schon gedient?

Leonore. Ich? Nein, niemahls — und möchte dieß mein letzter Dienst seyn!

Anton. Sie ist ledig?

Leonore. In meinen Jahren, ohne Vermögen —

Anton. Ganz recht, ganz recht. Nun, so weit steht sie mir an — (Aufstehend) Sie bleibt im Haus —

Leonore. O mein Herr — ich danke ihnen —

Anton. Schon gut. Ich sehe wohl, sie wird sich nicht übel anlassen — Dem Herrn Kammerrath will ich diesen Vormittag ein Wort davon sagen. Das muß so seyn, sieht sie; aber richtig ist es. Uebrigens muß sie auch wissen, wo sie ist, und was sie zu thun hat.

Leonore. Ja wohl. Ich hoffe, von ihnen —

Anton. Sie hat hier mehr als einem Herrn zu dienen —

Leonore. So habe ich schon gehört —

Anton. Erstlich, mir.

Leonore. Ja.

Anton. Dann ist unsre Frau Haushälterinn, die Frau Eberhard. Der muß sie hübsch folgen, und in allem gehorchen. Der Herr hält große

Stücke auf sie, und ich auch. Daß sie es ihr also ja recht macht!

Leonore. Gewiß, ich werde mich bestreben —

Anton. Für den Herrn Kammerrath endlich muß sie auch Respect haben. Sie muß denken, es ist ein alter Mann — Und dann ist er auch reich, und kann sie ein Mahl versorgen —

Leonore. Ich ehre ihn schon, ohne daran gedacht zu haben —

Anton. Nun ja ja, sie scheint ein gutes Kind — Vornehmlich aber vergesse sie nie, wer sie in's Haus gebracht hat.

Leonore. Gewiß nicht. Ich weiß daß ich es ihnen zu danken habe —

Anton. Recht so — Ich meine wirklich, das wird gut gehen —

## Achter Auftritt.

### Die Vorigen. Berger.

Berger (im Hintergrunde.) Ob es richtig seyn mag?

Anton. Aha, seyd ihr da, Carl? Hört einmahl, ich habe eben das Mädchen hier in Dienst genommen. Sie soll der Frau Eberhard beystehen, und euch nach Gelegenheit auch. Sehet zu, daß ihr euch zusammen vertragt.

Berger. Ich hoffe es.

Anton (zu Leonoren.) Jetzt kann sie gehen, und ihre Siebensächelchen hohlen. In zwey Stunden sey sie wieder da. Frag sie nach mir — hört sie, nach mir?

Leonore. Ja.

Anton. Ich gehe jetzt auf einen Augenblick aus. Verlier sie keine Zeit — (zu Bergern) und er auch nicht, junger Herr! (Er geht ab.)

Berger. Nein, nein!

## Neunter Auftritt.

### Leonore. Berger.

Berger. Nun bist du hier! Ah wir wollen doch sehen, wer uns wieder aus diesem Hause vertreibt —

Leonore. Ich zittre noch über und über!

Berger. Armes Weibchen! das Schwerste ist überstanden. Mein Oheim wird dich sehen; diese süße Stimme wird ihm das Herz stehlen, wie sie mir es that.

Leonore. Ich kann diese Zusammenkunft kaum erwarten, und doch ist mir so bang davor — Gott, was fürchte ich die Frau Eberhard!

Berger. Sie ist ein Ungeheuer von Bosheit und Tücke.

Leonore. Ach!

Berger. Kannst du mir es verzeihen, Leonore, dich zu einer solchen Verstellung genöthigt zu sehen?

Leonore. Ich werde ja bey dir seyn, mein Freund. Die mühselige Reise ungerechnet, habe ich wohl vielen Kummer gehabt seit unsrer Heirath; du warst aber mein Trost, meine Freude. Die letzte Zeit, seit du in diesem Haus wohnst, ist mir die peinlichste gewesen in den ganzen zwey Jahren. Und doch, wenn du dich zu mir stahlst, wenn ich mit dir weinen konnte —

Berger. Sieh, du machst daß ich nicht mehr weiß, warum ich ein größeres Glück wünschte —

Leonore. Jetzt laß mich aber gehen. Ich fürchte —

Berger. Ich auch — und weißt du was? daß wir unsre Liebe kaum werden verbergen können!

Leonore. Adieu, Fritz!

Berger. Auf Wiedersehen — nicht wahr?

Leonore. Auf Wiedersehen. (Sie geht ab.)

Berger (allein.) Liebe treue Seele — mit dir fürchte ich weder Unglück noch Alter noch Tod! Der gute Onkel! Wenn ihn der Anblick unsrer Seligkeit nur nicht schmerzlicher mahnt, daß er die seine verfehlt hat —

## Zehnter Auftritt.

### Berger. Franz.

Berger. Was willst du, Franz?

Franz. Erstlich ihnen Glück wünschen zur neuen Hausgenossinn. Sie ist eben bey mir vorbeygeschlüpft, und noch hat niemand sie wahrgenommen. Aber sie wissen nicht!

Berger. Nun, was denn?

Franz. Unter uns gesagt, es ist für sie nicht ganz zum Lachen. Da unten habe ich fünf Vettern —

Berger. Wie?

Franz. Alle fünf von Geschwisterkindern abstammend! Sie wollen sich dem Herrn Kammerrath vorstellen; der eine hat schon seine Belege in Händen. „Er ist ausgegangen," sage ich. „Vielleicht kommt der Herr Vetter bald wieder" — Kurz, sie sind geblieben. Was soll ich thun?

Berger. Ey, laß sie heraufkommen!

Franz. Aber bedenken sie, daß es nahe Verwandten ihres Herrn Onkels sind, die ihnen leicht —

Berger. Thut nichts; laß sie nur kommen.

Franz. Nun, es ist ihre Sache —

(Er geht ab.)

Berger (allein.) Das wird nicht übel seyn — Fünf erbschaftshungrige Vettern von einem Neffen empfangen! — Ah, sie sind nicht glücklich; ich muß sie bedauern!

## Eilfter Auftritt.

Berger. Die fünf Vettern, in Camaschen.

Der große Vetter (von weitem, zu den andern.) Laßt mich allein reden — (Laut zu Bergern, mit vielen Bücklingen, die von den andern nachgemacht werden) Wir haben die Ehre, denenselben —

Berger. Bitte recht sehr, machen sie keine Umstände, meine Herren — Sie möchten den Herrn Kammerrath gern sprechen?

Der große Vetter. Allerdings. Wir kommen expreß den weiten Weg aus Böhmen, um ihn zu sehen.

Berger. Der Eifer ist bewundernswürdig, und wird gewiß dem Herrn Kammerrath sehr gefallen.

Der große Vetter. Das glaube ich. Der Herr Vetter wird seine Freude haben.

Berger. Kennen sie ihn schon?

Die vier andern Vettern. Nein.

Der große Vetter (wichtig thuend.) Wo hätten ihn die zu sehen bekommen? Aber meiner dürfte sich der Vetter wohl erinnern. Ich habe ihn schon einmahl hier in Berlin besucht, Anno fünf und sechszig, als er noch seinen Handel führte. Ja ja — der Vetter hat Tonnen Golds verdient, und wir sind arme Teufel geblieben.

Berger. Die Herren sind alle Brüder?

Der

Der große Vetter. Es wird nicht viel fehlen. Der dort, mit den krummen Beinen, ist mein Bruder; die drey andern sind zusammen Brüder. Vettern sind wir aber alle, von Geschwisterkindern her. Solches ersehen dieselben des Mehreren aus diesen gehörig vidimirten Urkunden, sonderheitlich aber aus dieser Espece, wenn ich so sagen darf, von Stammbaum, den mein Bruder gezeichnet hat. Mein Bruder ist Schreibemeister.

Der zweyte Vetter (mit vielen Bücklingen.) Gehorsamst aufzuwarten. Hier unten steht mein Nahme, wie in Kupfer gestochen — (Er rollt den Stammbaum auf, und explicirt ihn Bergern) Johannes Hieronymus Berger, unser gemeinschaftlicher Stammvater — (sie bücken sich alle sehr tief) erzielte drey Knaben; einer derselben war mein Großvater. Dessen Tochter, Brigitte Berger, heirathete, wie hier zu sehen ist, Paulum Amadeum Herrmannum, als welcher der Vater des Herrn Vetters wurde —

Berger. Erlauben sie doch einen Augenblick — hier sehe ich ganz allein einen Friedrich Berger stehen, einen Neffen, wie es scheint, mithin näher verwandt. Schließt dieser nicht die Vettern aus?

Der zweyte Vetter (verlegen.) Aha! Hm — Sag doch, Bruder —

Der große Vetter. Um den bekümmern wir uns nicht.

Berger. Wie so?

Der große Vetter. Der Vetter kann ihn nicht leiden, und wird ihn wahrscheinlich enterben.

Berger. So, so!

Der dritte Vetter. Wir haben die Ehre, ihn nicht zu kennen, den Herrn Friedrich Berger; allein er steht uns sehr im Wege.

Berger. Sollte er nicht etwa berechtigt seyn, zu finden daß sie ihm im Wege stehen, daß sie sich an seinen Platz drängen?

Der große Vetter. Pah, pah!

Der dritte Vetter. Was das für ein schönes und großes Haus ist! — (Zu Bergern) Erlauben dieselben, gehört das Haus dem Herrn Vetter eigen?

Der große Vetter. Schöne Frage! Der Vetter Kammerrath wird zur Miethe wohnen? Er hat der Häuser noch mehr.

Der vierte Vetter. Ach wie schön das meublirt ist!

Der dritte Vetter. Und inwendig mag alles voll Gold stecken —

Der fünfte Vetter. Voll Juwelen —

Der zweyte Vetter (gravitätisch.) Voll Obligationen!

Der große Vetter. Und wenn man so zu sich selbst sagen kann: das fällt uns einmahl alles zu — ha ha ha! ha ha ha! — da kann man das Lachen nicht lassen —

Alle Vettern. Ha ha ha! ha ha ha!

Berger. Ha ha ha! Die Herren haben wahrhaftig Recht: es ist zum Lachen! Aber — mäßigen sie sich. Es kommt jemand —

Der große Vetter. Wer ist die Dame?

Berger (leise zu den Vettern.) Die Haushälterinn — Unter uns gesagt, sie gilt viel bey ihrem Herrn Vetter. Sie müssen —

Der große Vetter. Oho, ich kenne das! Man ist politisch —

## Zwölfter Auftritt.

Die Vorigen. Frau Eberhard.

Der große Vetter. Madame — Ihro Gnaden —

Fr. Eberhard (mit unruhigem Wesen.) Ihre Dienerinn, meine Herren. Darf man wissen, was sie wünschen?

Der große Vetter. Wir möchten den Vetter sehen. Sie müssen wissen —

Die vier Vettern zusammen. Wir sind Vettern mit dem Herrn Kammerrath —

Der große Vetter (leise zu den übrigen.) St! (Laut zur Frau Eberhard) Wir kommen expreß von Böhmen her —

Fr. Eberhard. Das ist doch Schade. Der Herr Kammerrath ist eben ausgegangen.

Der große Vetter. So haben wir gehört. Doch wir haben eben nichts zu thun, wir wollen recht gern auf ihn warten. Der Vetter wird ja wohl bald wieder kommen.

Fr. Eberhard. Ach nein, gar nicht. Ich sehe ihn erst ganz spät entgegen.

Der große Vetter. Nun nun — morgen kommen wir wieder.

Fr. Eberhard. Morgen nicht. Er fährt mit dem Frühesten auf das Land.

Der dritte und der vierte Vetter. Uebermorgen?

Fr. Eberhard. Vielleicht — kurz, die Woche etwa einmahl. Aber ich muß es ihnen vorhersagen, er geht sehr oft spazieren. Uebrigens wird er erfahren, daß sie gekommen sind; das ist dann grade so gut, als ob sie von ihm anerkannt wären.

Mehrere Vettern. Ey, wir wollen ihn sehen —

Fr. Eberhard. Freylich. Es wird ihm selbst das größte Vergnügen machen — Also, meine Herren, auf Wiedersehen. Denn in diesem Augenblick —

Der dritte Vetter (leise zum großen Vetter.) Ich dachte, wir äßen hier zu Mittag?

Der große Vetter (leise.) Still doch! — (Laut zur Frau Eberhard) Wir werden wieder vorsprechen.

Fr. Eberhard. Ergebene Dienerinn, meine Herren — Verzeihen sie doch ja, wenn ich sie so gehen lasse —

Der große Vetter (galant.) Ey, Ihro Gnaben sind gar zu — —

Berger (sie hinausbegleitend.) Hier, meine Herren, ist der Weg.

## Dreyzehnter Auftritt.
### Frau Eberhard allein.

Mögen sie ihre Vetterschaft wo anders anbringen! Welches Unglück, wenn der Herr diese Bescherung gesehen hätte — (Horchend) Die Hausthüre wird zugemacht — Gottlob, da sind sie auf der Straße! Ach, mit diesen hat es doch nicht die meiste Gefahr — zehn Vettern machen mir nicht so bang, wie ein einziger Neffe! — Daß ich aber die Zeit nicht verliere! Hänschen und Lottchen müssen jetzt ihre Rollen können. Sie sollen mir aufsagen — und dann zum Sturm auf des alten Mannes Herz! (Sie geht ab.)

## Dritter Aufzug.

### Erster Auftritt.

Frau Eberhard. Hänschen. Lottchen.

Frau Eberhard.

So recht, Kinder. Ihr macht es ganz vortrefflich.

Hänschen. Ey, ich repetire auch über zwey Stunden daran.

Frau Eberhard. Schön. Nun merkt euch wohl: jetzt werde ich euch lassen; sobald er kommt, springt ihr zu ihm —

Beyde Kinder. Ja, ja.

Fr. Eberhard. Wie ihr bey Papa und Mama thut —

Beyde. Ja, ganz so.

Fr. Eberhard. Ihr küßt ihn, nennt ihn Papa — er hört das gern, wie ihr wißt.

Hänschen. Ja wohl. Ich nenne ihn auch immer Papa.

Lottchen. Ich nenne ihn Väterchen.

Fr. Eberhard. Er pflegt auch immer zu fragen, was ihr zuletzt gelernt habt — dann sagt ihr ihm euer Gespräch her.

Lottchen. Ach — ich habe das Herz nicht.

Fr. Eberhard. Das Herz nicht? — Armes Kind!

Hänschen. Geh doch! Ich habe das Herz wohl. Ich weiß meine Sache auswendig, ich will sie schon hersagen.

Fr. Eberhard. Brav Hänschen. Seyd beyde recht artig, Kleinen; und wenn ihr euch bis morgen gut aufführt, so bekommt ihr — ich weiß schon was.

Hänschen. Ja, ich! Aber die Schwester nicht, weil sie sich fürchtet.

Lottchen. Ach nein, ich fürchte mich nicht mehr.

Fr. Eberhard. Da höre ich den Herrn kommen. Adieu. Denkt hübsch an morgen — (Im Abgehen bey Seite.) Ich stelle mich, wo ich mein Stichwort hören kann.

## Zweyter Auftritt.

Hänschen. Lottchen. Der Kammerrath, der nachdenkend hervortritt, ohne die Kinder zu sehen.

Lottchen. Ach ich weiß es so gut auswendig wie du! Wenn's nur nicht zu lang wäre, wollte ich auch nicht stecken bleiben —

Hänschen. Sey nur ruhig, Lottchen, ich helfe dir ein — (Leise) Still! da ist er —

Lottchen (leise.) Er sieht uns nicht.

Hänschen. Nein, er träumt.

Lottchen (kikernd.) Ah das ist närrisch!

Hänschen. So sey doch still!

Lottchen. Er murmelt — mum, mum, mum — als ob er selbst eine Lection repetirte! (Sie kikern zusammen, und schneiden einander Gesichter.)

Kammerrath. Was gibts da?

Hänschen (zu ihm laufend.) Es sind die Kinder, Papa!

Kammerrath. Ach Hänschen! (Er umarmt den Knaben.)

Lottchen. Ich bin auch da, Väterchen — (Sie läuft zu ihm.)

Kammerrath (sie umarmend.) Guten Tag, Wildfang.

Lottchen. Wie gehts, Väterchen?

Kammerrath. Nicht übel. Und Ihr?

Hänschen. Recht gut.

Kammerrath. Wahrhaftig, das sieht man euch an. Nun Kinder, seyd ihr immer recht geschickt?

Hänschen. Immer, Papa. Die Mama sagte es noch heute Morgen —

Kammerrath (sich wechselsweise von einem zur andern wendend.) Ja?

Lottchen. Wenn du wüßtest, wie sie uns geherzt hat!

Hänschen. Und der Papa! Er legte seine Arbeit hin, um mich auf den Schooß zu nehmen.

Lottchen. Mich auch! Er sagte, dann ginge es ihm noch rascher von der Hand.

Kammerrath. Und dafür habt ihr ihn auch recht lieb?

Lottchen. Ach, so lieb! — Wie dich Väterchen —

Hänschen. Des Abends, wenn wir zu Bett liegen, denkt der Vater, wir schlafen, und plaudert. — Gestern Abends noch — die Schwester, die schlief wohl, aber ich wachte — da sagte er zur Mutter: „Es sind doch liebe Kinder, Lehnchen, sprich selbst!" — „Nun, nun," sagte die Mutter, „sie gehen freylich an." — „Thu doch nicht so zimperlich, sie gleichen dir auf ein Haar," sagte der Vater — „Hänschen wohl" sagte die Mutter; „aber versuche es einmahl, und läugne Lottchen ab." — Da sagte der Vater —

Kammerrath. Schon gut. Und wie sieht es mit dem Gedächtniß aus? Wißt ihr heute keine neue Fabel, keine Historie?

Hänschen. O ja, Papa — Noch diesen Morgen haben wir ein kleines Gespräch repetirt — Du weißt ja wohl, so ein Gespräch, das zu zweyen gehalten wird —

Kammerrath. Aha! Laßt einmahl hören.

Hänschen. Du Schwester, fang an.

Lottchen (in dem Ton, wie Kinder eine Lection aufsagen.) „Weißt du es wohl noch, Bruder, wie jener Erzvater hieß, der die Sündfluth vorher sah, und eine Arche erbaute?"

Hänschen (desgleichen.) „Ja, Schwester, das weiß ich. Derselbe hieß Noah, Sohn Lamechs. Solchergestalt entging er der Sündfluth, und hat uns alle errettet."

Lottchen. „Das hatte ich auch vernommen. Doch sage mir, wie ging es zu, daß ein einziger Mensch alle Menschen errettet hat?"

Hänschen. „Nun, Schwester, höre wohl. Dieses ging so zu. Noah hatte drey Söhne, Sem, Cham, und Japhet. Sem aber hatte fünf Söhne, und jeder dieser Söhne nahm mindestens eine Frau. Mit diesen Frauen erzeugten sie alle sehr viele Kinder, Jacob allein hatte deren zwölf. Diese Kinder brachten wiederum eine große Menge Kinder zur Welt: daraus ist das Volk der Ebräer entsprungen."

Lottchen. „Ja, nun verstehe ich."

Hänschen. „Doch sprach ich erst vom Sem. Die beyden andern Brüder wurden die Väter der übrigen Menschen. Gott sprach: Wachset und mehret euch. Dieses Geboth haben die Menschen von jeher befolgt, und werden demselben stets getreu seyn." —

Kammerrath (etwas verdrießlich unterbrechend.) Wo habt ihr denn das hergenommen?

Hänschen. Aus einem schönen Buche, das man der Mutter geschenkt hat.

Kammerrath. Nun ist's gut.

Lottchen. Ich habe aber noch etwas zu sagen —

Kammerrath. Nein, nein. (Er bleibt nachdenkend stehen; unterdessen schneiden sich die Kinder Gesichter, und wollen eines das andere aufmuntern, wieder mit ihm zu sprechen.)

Lottchen (sachte zu ihm schleichend.) Tapp, tapp, tapp — wenn der Vater sich nicht mit uns abgeben will, mache ich's so — (Er streichelt ihm die Hand) Da sieht er mich an, lacht, und küßt mich — so! (Sie will zu ihm hin.)

Kammerrath (sie in seine Arme aufnehmend, und herzend.) So Lottchen, so?

Hänschen. Und ich, Papa?

Kammerrath. Und du auch — (Er hält sie beyde in seine Arme gedrückt.)

## Dritter Auftritt.

### Die Vorigen. Frau Eberhard.

Fr. Eberhard (von weitem, von den andern noch ungesehen.) Jetzt ist es Zeit! Die Kinder sind zum Aufessen — (Laut, noch etwas zurückstehend) Welcher allerliebste Anblick!

Kammerrath. Sind sie es, Frau Eberhard?

Fr. Eberhard. Ich darf doch auch meinen Theil von der Freude nehmen? Man sollte meinen, man sähe einen Vater unter seinen Kindern —

Lottchen (zur Frau Eberhard.) Ich habe gar nicht gestockt —

Fr. Eberhard (ihr Einhalt thuend.) Das sehe ich gern, Kinder, daß ihr dem Herrn die Zeit vertreibt. So! ihr seyd gute kleine Dinger — Jetzt geht, und spielt draußen zusammen. Ihr könntet endlich diesen guten Papa zur Last fallen —

Beyde Kinder (im Abgehen.) Adieu — adieu Papa.

## Vierter Auftritt.

### Der Kammerrath, sitzend. Frau Eberhard.

Fr. Eberhard (bey Seite.) Wenn ich mich recht darauf verstehe, so ist er bewegt — (Laut) Die Kleinen sind wirklich recht niedlich.

Kammerrath. Gewiß. Ich kann sagen, daß mich ihr Geschwätz ordentlich unterhält.

Fr. Eberhard. Die Schmeichelkätzchen! Und was sie für allerliebste Gesichter zu schneiden wissen — Man muß darüber lachen — und fühlt sich zugleich gerührt —

Kammerrath. Das ist wahr. Es geht mir wirklich so.

Fr. Eberhard. Ich sage es manch Mahl zu mir selbst: der Herr ist so gut, so liebreich! Wenn man ihn so mit fremden Kindern sieht — was müßte es erst seyn, wenn er eigene hätte?

Kammerrath (halb vor sich.) Ach!

Fr. Eberhard. Die Kleine ist doch der leibhaftige Vater!

Kammerrath. Ja wohl. Und Hänschen — was er der Mutter gleicht!

Fr. Eberhard. Wie aus den Augen geschnitten. Die Leute habens gut, so ihre Ebenbilder um sich herumspringen und hüpfen zu sehen —

Kammerrath. Daran dachte ich eben. Es muß sehr angenehm seyn.

Fr. Eberhard. Ich auch — ich erinnere mich dessen recht gut — ich sah meinen Vater auch sehr ähnlich — der gute Mann! Er war mit seinen Vermögensumständen herunter gekommen: man merkte es seinem ganzen Wesen wohl an, daß er nicht in der Dürftigkeit geboren war. Er hatte mich vor seinen andern Kindern lieb — und nicht allein darum! Er war schon über sechzig Jahr gewesen, als ich, sein Ebenbild, auf die Welt gekommen war. Da mochte er es so gern hören, wenn man von unsrer Aehnlichkeit sprach. Er nannte mich immer das Kind seines Alters —

Kammerrath. Ueber sechzig Jahr!

Fr. Eberhard. Ja; es war aber auch ein stattlicher alter Mann—und zwanzig Jahre, denken sie, hat er seitdem noch gelebt!—— Ist ihnen denn ihr Spaziergang nicht bekommen? Ich merke, sie werden wieder niedergeschlagen —

Kammerrath. Niedergeschlagen? Ja — nein —

Fr. Eberhard. Ich weiß nicht — verzeihen sie mir, wenn ich zudringlich scheine — aber man sollte wirklich meinen, sie hätten etwas, das ihnen —

Kammerrath. Nein — o nein!

Fr. Eberhard. Doch, doch. Sie sind traurig, ich sehe es recht wohl — Lieber Gott, jeder hat freylich seine Plagen, seine Sorgen — wie geht es mir denn?

Kammerrath. Ihnen, Frau Eberhard?

Fr. Eberhard. Ja, ja! Ich habe auch nicht Ursache, froh zu seyn —

Kammerrath. Ey, wie denn das?

Fr. Eberhard. Ach — der Herr Anton quält mich so! kurz, er setzt mir zu, daß ich bald — daß ich morgen ihm mein Jawort geben soll —

Kammerrath (angelegentlich.) Anton, sagen sie? (Sie neben sich zu sitzen heißend) Erzählen sie mir doch, Frau Eberhard —

Fr. Eberhard (stehend.) Ja — Herr Anton liebt mich, er will mich zur Frau. Es sind schon über zwey Jahre, daß ich ihm auszuweichen suche. Ich hoffte immer, er würde es nach und nach müde werden — Ach nein! täglich wird er nur dringender — heute zumahl hat er mir gar keinen Frieden gelassen. Ich weiß wahrlich nicht mehr, was ich thun soll, und hätte gern Ihren Rath in der Sache.

Kammerrath. Ey liebe Frau Eberhard, ich wüßte eben nicht, was ich ihnen rathen sollte. — Der Vorschlag ist ja doch nicht zu verschmähen. Anton ist ein vollkommen rechtschaffener Mensch, ein Mensch von Einsichten, ein vortrefflicher Oekonom. —

Fr. Eberhard. Ach freylich, was die Rechtschaffenheit anbelangt, da kann er für ein Muster gelten. — Aber er spricht von Heirath; die Sache ist bedenklich: ich kann nicht läugnen, daß ich nicht sicher bin, glücklich mit ihm zu seyn.

Kammerrath. Wie so?

Fr. Eberhard. Ich weiß nicht — man kann am Ende ein sehr rechtschaffner Mensch, und dabey ein sehr schlimmer Ehemann seyn. Anton ist oft entsetzlich hart und rauh. Sie wissen es: gegen sie selbst hat er nicht selten einen Ton —

Kammerrath. Der freylich nicht der artigste ist. Aber das wird sich alsdann um so eher geben. Sie werden am besten wissen, ihn etwas zu besänftigen.

Fr. Eberhard. Ach das wäre eine schwere Arbeit, vor der ich im voraus erschrecke! Und dann — ich hatte von der Ehe einen ganz andern Begriff. Ich kann sagen, daß ich geschaffen war, in einer Ehe zu leben, die — Ja, wenn ich nicht zu sehr an ihnen hinge, lieber Herr Kammerrath, so hätte ich sicherlich schon wieder geheirathet. In meiner ersten Ehe konnte ich meinem Herzen nicht folgen, und als man mich mit dem guten Herrn Eberhard verband, nahm man auf meine Neigung vielleicht zu wenig Rücksicht. Und doch — ungeachtet ich mich im Grunde hatte zwingen müssen, sind sie selbst Zeuge gewesen, ob ich ihm Ursache gegeben habe, sich zu beschweren, ob ich es gegen ihn an Aufmerksamkeit, an Pflege fehlen ließ —

Kammerrath. Nein; man hätte glauben sollen, daß gegenseitige Neigung euch zusammengebracht hätte.

Fr. Eberhard. Nun — ist mirs da wohl zu verdenken, wenn ich mir manch Mahl vorstellte — wie gut es ein Mann bey mir haben würde, den ich mir selbst — kurz, der von meiner Wahl wäre — der mir so ganz anstünde?

Kammerrath. Nein — freylich — ich glaube selbst —

Fr. Eberhard. Und ich spreche nicht von einem eiteln, flüchtigen Mann — Ich hätte keinen jungen Menschen gemocht: man weiß in diesem Alter nicht zu lieben.

Kam=

Kammerrath. Das habe ich auch immer gedacht. Sie sprechen sehr vernünftig, Frau Eberhard.

Fr. Eberhard. Ja, ich gestehe es, Herr Kammerrath, wenn der Mann, mit dem ich mich verbände, nur über die erste Jugend hinaus wäre, ich würde wenig darnach fragen, welches übrigens sein Alter wäre. Ich will ihnen nichts verbergen — sehen sie, wenn ich wieder heirathete, so wäre es mir — ich will es nur heraussagen — bloß um ein oder zwey Kinder zu thun — Ach, es war mir schon manch Mahl, als hätte ich das Bild vor Augen, wie die Kinder um den Vater spielten, er bald ihnen bald mir lächelte, sich von einem zum andern wandte! Wie selig würden wir nicht seyn! (Einlenkend) Ich meine, ein solcher Mann, den ich aus herzlicher Neigung genommen hätte, und ich — Sie verstehen mich ja wohl: ich spreche nur im Allgemeinen. Es fällt mir nicht ein, zu klagen. Mein Loos, bey ihnen zu leben, ist beneidenswürdig. Der Himmel ist mein Zeuge, daß ich keinen andern Wunsch hege, als immer — immer ihnen zur Seite zu bleiben. Nichts, keine Macht auf Erden könnte mich aus diesem Hause reißen —

Kammerrath. Ich kenne ihre Gesinnungen gegen mich, Frau Eberhard. Glauben sie, daß ich sie zu schätzen weiß —

Fr. Eberhard. Ja, es kann ihnen gewiß nicht entgehen, mit welchem treuen — zärtlichen

Eifer ich bemüht bin, ihnen Freude zu machen, alles, was sie stören könnte, aus dem Wege zu räumen, sie zu pflegen — Und es ist nicht Eigennutz, es ist nicht Pflicht, was mich antreibt; nein, wahres Gefühl, das Herz, das Herz allein — Ach man sieht es wohl — man sieht es vielleicht nur zu gut! Hat man doch der Art, wie ich ihnen diene, schon Bewegungsgründe zugeschrieben — über die ich erröthen müßte! Ja, mein Herr, so ist es! Mein Ruf ist nicht unverschont geblieben: wer weiß, ob er nicht auf immer gelitten hat? Noch bin ich nicht in dem Alter, das über gewisse Nachreden hinwegsetzt, und man hat mich im Verdacht —

Kammerrath. Nun?

Fr. Eberhard. Daß ich sie liebe, daß ich ihnen gefalle — kurz, daß ich ihr Herz gerührt habe. Wie Carl in das Haus trat, hat er m'ch für ihre Frau gehalten. Meine Anhänglichkeit für sie, macht mir das alles leicht zu ertragen — es mischt sich sogar, ich darf es sagen, etwas Süßes darunter — kann ich aber, bey einem gefühlvollen Herzen, kann ich mich zu einer Heirath entschließen, die — — —

Kammerrath (bewegt.) Nein — ich muß ihnen Recht geben. In der That, Anton ist ihrer nicht würdig; er ist nicht dazu gemacht, eine Frau wie sie —

Fr. Eberhard (zärtlich.) Glauben sie das?

Kammerrath. Gewiß —

Fr. Eberhard. Es ist möglich, daß ich mir schmeichle — ja, vielleicht sind meine Gefühle zu zart — allein ich weiß nicht, es ist mir zuweilen, als hätte ich ein besseres Loos verdient. Die Lage, in welcher ich mich sehe, demüthigt mich — Ach, ich habe Unrecht! Aber wider meinen Willen entlockt mir der Gedanke Thränen —

Kammerrath. (noch bewegter.) Liebe Frau Eberhard — Sie zweifeln doch nicht, daß ich sehr gut erkenne — Gewiß, ich entdecke täglich neue Verdienste an ihnen — Verdienste von der — wirklich, von der — reitzendsten Art — Nichts kann angenehmer, rührender für mich seyn, als ihr Gespräch —

Fr. Eberhard. Ach, wie wenig ist das alles! Wie manche Gedanken, wie manche Empfindungen werden durch meine Lage unterdrückt, die in andern Verhältnissen —

Kammerrath. Nein, nein, ich ahnde, ich errathe — sie sind — Ich begreife nicht, wie ich bisher —

Fr. Eberhard. Ach, wüßten sie, wie viel Thränen, wie viel Kämpfe ein Trieb mir gekostet hat, den ich doch nicht bemeistern konnte! Ach, die Furcht — die Scham —

Kammerrath (aufstehend, außer sich.) Ich kann nicht länger widerstehen — Sie entzücken mich — Wohlan denn — (Es wird geklingelt.)

Fr. Eberhard (mit einem Schrey.) Ach Gott!

Kammerrath. Ich glaube, man klingelt —

Fr. Eberhard. Nun, sie sagten —? Sprechen sie aus, ehe —

Kammerrath. Es ist Anton —

Fr. Eberhard (bey Seite.) Unselige Unterbrechung!

## Fünfter Auftritt.

Die Vorigen. Anton. Leonore.

Kammerrath. Nun, was gibt es?

Anton. Ich wollte ihnen dieses junge Mädchen vorstellen, Herr Kammerrath — man gibt ihr von Seiten der Sitten und des Fleißes das beste Zeugniß; sie ist von rechtlichen Aeltern geboren —

Fr. Eberhard. Weßwegen soll sie aber dem Herrn vorgestellt werden?

Anton. Nun — sie wissen ja, Frau Eberhard — um ihnen die Arbeit zu erleichtern —

Fr. Eberhard. Wie? Mir? Ich brauche keine Erleichterung; in meinen Jahren scheut man die Arbeit noch nicht.

Kammerrath. Ja, es ist wahr — mich dünkt, man braucht das Mädchen eben nicht —

Anton. Wir können gar nicht ohne sie fertig werden. Was auch die Frau Eberhard sagen mag, eine zweyte Frauensperson ist aus mehr als einem Grunde in diesem Hause durchaus nöthig.

Ohne so gar alt zu seyn, müssen wir doch beyde nach gerade darauf denken, uns weniger zu placken — Und die Frau Eberhard, die sich dagegen auflehnt, war doch vorher unterrichtet —

Fr. Eberhard. Ich? Nie habe ich dazu Ja gesagt — Sagte ich ihnen nicht immer: es hat Zeit, wir wollen schon sehen? Wußte ich denn etwa, daß sie diesen Nachmittag kommen würde?

Anton. Das habe ich ja selbst nicht gewußt. Mein Auftrag ist viel schneller ausgerichtet worden, als ich dachte. Aber was thut das? Ein Paar Tage früher, ein Paar Tage später — mit der Sache hat es seine Richtigkeit, und das Mädchen ist da. (Zum Kammerrath) Ich habe sie schon gemiethet, und sie werden doch hoffentlich eine Person nicht zurückweisen, die ich in das Haus bringe. Was die Frau Eberhard anbelangt — (indem er sie starr ansieht) die denkt gewiß zu gut, um mir bey dieser Gelegenheit entgegen zu seyn. Wenn sie gleich Anfangs ein wenig hätte bedenken wollen —

Fr. Eberhard. Nun, ich sehe wohl, man muß ihnen immer nachgeben. Um des Friedens willen, mag ich lieber nichts weiter sagen — (Zum Kammerrath) Ja, mein Herr, so sehen sie selbst —

Kammerrath. Hm — im Grunde finde ich eben nichts Erhebliches einzuwenden — Je nun, sie mag bleiben. Eigentlich ist es mehr eure Sache wie die meinige. Das Mädchen wird mehr zu eurem Beystand, als zu meinem Dienste hier seyn. Aber ich denke allerdings, daß ihr euch wohl dabey befinden werdet —

Anton (zu Leonoren.) Bedanke sie sich bey dem Herrn.

Leonore. Ach, von ganzem Herzen!

Anton. Bedanken sie sich auch bey der Frau Eberhard —

Leonore (indem sie sich mit einiger Scheue gegen Frau Eberhard wenden will.) Ja —

Fr. Eberhard. Schon gut. Ich erlasse ihr allen Dank.

Kammerrath. Das Mädchen scheint nicht übel.

Fr. Eberhard. Ey freylich, da Herr Anton sie in Schutz nimmt — !

Kammerrath. Nun, nun — Macht ihr beyde begreiflich, was sie zu thun hat, und wir wollen, wo möglich, in Ruhe und Frieden leben — (Im Abgehen scheint er der Frau Eberhard noch ein Wort sagen zu wollen, und sieht sich, bis er hinaus ist, angelegentlich und freundlich nach ihr um; sie stellt sich, als ob sie auf das alles nicht Acht gäbe.)

## Sechster Auftritt.

Anton. Frau Eberhard. Leonore.

Anton. Was ist denn das für eine Art, Frau Eberhard? ich bin sehr unzufrieden, ich muß es ihnen nur sagen.

Frau Eberhard. Still doch! (Zu Leonoren) Sie braucht sich nicht so nahe hinzustellen —

Leonore (sich etwas entfernend.) Ach!

Fr. Eberhard (zu Anton.) Beschweren sie sich nur! Ich dächte, ich hätte eher Ursache zu klagen. Welche Hartnäckigkeit!.

## Siebenter Auftritt.

### Die Vorigen. Berger.

Berger (bey Seite, noch im Hintergrund.) Wie es wohl stehen mag?

Anton (gegen Bergern.) Was solls?

Berger (etwas verlegen.) Ich komme — Ich wollte —

Leonore (leise und schnell gegen Bergern.) Ich bin angenommen.

Berger (leise.) Ah!

Anton. Nun, ihr wollt — was wollt ihr?

Berger. Ich glaubte, ich wäre gerufen worden.

Anton. Ihr habt euch geirrt.

Berger. Verzeihen sie. Ich gehe —

Fr. Eberhard (zu Anton.) Fahren sie ihn doch nicht an; das beweist, wie sehr er Acht gibt — (Zu Bergern mit einem Wink) Der Herr wird euch vielleicht gern bey sich haben wollen, ihr könnt drinnen zusehen. —

Berger. Ja — (Im Abgehen, leise zu Leonoren, die immer im Hintergrunde steht) Muth!

## Achter Auftritt.

### Frau Eberhard. Anton. Leonore.

Fr. Eberhard. Er scheint ganz bestürzt —

Anton. Jemanden, den ich vorstelle, nicht annehmen zu wollen!

Fr. Eberhard. Ey ja doch! Leute vorzustellen, die ich nicht haben mag! Ich hatte sie gebethen zu warten.

Anton. Freylich, um hierin, wie in allem übrigen, beständig aufzuschieben! Ich will nicht mehr warten.

Leonore (von weitem vor sich.) Welche peinliche Lage!

Fr. Eberhard. Mit dem Treiben werden sie noch alles verderben —

Anton. Sie werden mir den Kopf noch so warm machen, daß —

Fr. Eberhard. Nun, seyn sie nur ruhig; wir wollen nicht weiter davon sprechen.

Anton. Ich muß ausgehen. Ich habe hunderterley zu thun, Kaufleute, Advocaten, Notarien zu besuchen, Geld einzutreiben — was weiß ich alles! Es ist eine verdammte langweilige Wirth=

schaft, sich für andrer Leute Sachen die Beine abzulaufen —

Fr. Eberhard. Ah, mitunter sind es doch auch ihre Sachen —

Anton. Sagen sie doch: unsre —

Fr. Eberhard. Nun wohl, unsre!

(Anton geht ab.)

## Neunter Auftritt.

### Frau Eberhard. Leonore.

Fr. Eberhard. Ja, so, die steht noch immer da — sie, wie jung — und hübsch dazu! Das fatale Geschöpf — (Laut mit trocknem Ton) Nun, so laß sie doch einmahl hören — Man nennt sie?

Leonore. Leonore.

Fr. Eberhard. Ey wie vornehm! — Und ihr Alter?

Leonore. Noch nicht ganz zwanzig Jahre.

Fr. Eberhard. Nicht? Schade! — O das ist zu jung, viel zu jung —

Leonore. Verzeihen sie mir. Ich kann nicht dafür.

Fr. Eberhard. Aha, es wird wohl meine Schuld seyn! — Ist sie ledig? oder verheirathet? Wie?

Leonore. Ich? Ich werde nie heirathen.

Fr. Eberhard. Daran wird sie sehr wohl thun. Ich bin wahrhaftig dem Herrn Anton sehr großen Dank schuldig — bringt er uns da auf einmahl ein Mädchen her, das niemand kennt!

Leonore. Ich werde suchen, mich bekannt zu machen.

Fr. Eberhard. Dann wird's Zeit seyn! Es könnte ihr leicht geschehen, daß sie vorher aus dem Hause müßte —

Leonore. Ich hoffe, ein besseres Schicksal zu haben.

Fr. Eberhard. Hör sie einmahl, Jungfer — Anton mag sich vielleicht das Ansehen bey ihr gegeben haben, als ob er hier zu befehlen hätte —

Leonore. Nein, ich weiß recht gut, daß sie die Aufsicht über alles haben —

Fr. Eberhard. Warum hat sie sich also nicht an mich gewendet? Doch ich werde bald sehen, ob sie mir ansteht. Denn sie sieht ja wohl ein, daß sie eigentlich bey mir in Dienst getreten ist —

Leonore. Nun ja —

Fr. Eberhard. Im ersten Stock hat sie nichts zu thun. Sie hält sich nirgends auf, als unten beym Gesinde.

Leonore. Ich verstehe.

Fr. Eberhard. Sie thut nichts ohne meine Erlaubniß.

Leonore. Nein.

Fr. Eberhard. Wenn ihr etwas aufgetragen wird, so fragt sie jederzeit erst mich, ehe sie es ausrichtet.

Leonore. Ja.

Fr. Eberhard. Mir zu gehorchen, lasse sie ihre einzige Sorge seyn. Jetzt gehe sie hinunter.

Leonore. Ach!

Fr. Eberhard. Was sagt sie?

Leonore. Ich gehe schon.

Fr. Eberhard. Sie raisonnirt? Fort! — (Nachdem Leonore abgegangen ist) Sie sieht sanft aus, und scheint ihrem ich gelehrig — Wer kann aber trauen? Verdammt sey der Anton! Er spielt hier den Herrn — Und noch muß ich ihn schonen! Aber Geduld — Es wird sich, denke ich, bald ändern. Mein Spiel steht gut — und eine Stunde nach der Trauung setze ich sie alle vor die Thüre.

# Vierter Aufzug.

## Erster Auftritt.

**Der Kammerath** allein. Er tritt nachdenkend
vor.

Das Gespräch will mir nicht aus dem Sinne
— Ich glaube doch, ich thäte wohl — Der Gedanke geht mir mit jedem Augenblick mehr ein.
Die Frau ist liebenswürdig. Sie ist noch sehr
frisch, sie hat schöne Augen — ihre freundliche
Pflege würde meine letzten Tage versüßen. Ein
edles Herz, eine sanfte Gemüthsart — warum
sollte ich anstehen? — — — Aber mein Neffe
— Ey, er mag zusehen, wie er fertig wird!
Wahrhaftig, er hat sich nicht so aufgeführt, daß
ich um seinetwillen — — — Wenn er nur nicht
verheirathet wäre! Er kann Kinder bekommen —
viele Kinder! Und sie würden im Elend verschmachten — Es ist seine Schuld! Wer hieß ihn, eine
solche Heirath eingehen? Und überdem braucht

ihn die meinige nicht gerade um alles zu bringen — Ich kann meine Frau sehr vortheilhaft bedenken, ohne darum — Aber in meinen Jahren noch zu heirathen! Was wird nicht auf meine Unkosten gelacht werden! — Ich weiß nicht, wozu ich mich entschließen soll. Ich kann bey keinem Vorsatz stehen bleiben — Ah, Carl! Er kommt gerade zur rechten Zeit —

## Zweyter Auftritt.

### Der Kammerrath. Berger.

Kammerrath. Du bist mir willkommen, Carl — Du findest mich in einer Verlegenheit, deren Grund du gewiß nicht erräthst —

Berger. In der That, es würde mir schwer werden —

Kammerrath. Du weißt doch, wie sehr ich mich immer gegen das Heirathen sträubte — Solltest du wohl glauben, daß ich jetzt im Grunde meiner Seele nicht ungeneigt wäre, eine solche Verbindung einzugehen?

Berger. Warum nicht? Sie würden, dünkt mich, sehr wohl thun.

Kammerrath. Wahrhaftig?

Berger. Ich finde nichts natürlicher, als daß sie sich ein zweytes Selbst, eine Theilhaberinn ihrer Neigungen, ihrer Freuden, ihrer Geheimnisse zulegen. Sie schienen dieses Glück zu vermissen: was könnte sie abhalten, sich zu befriedigen?

Kammerrath. Du tadelst mich also nicht?

Berger. Wie könnte ich, da ich keinen andern Wunsch habe, als sie glücklich zu sehen!

Kammerrath. Guter Mensch! — Ja, ich will es dir gestehen: ich bin — fast verliebt — doch nicht in ein junges Mädchen, nein — in eine gebildete Frau, die aber noch Reitze, und eine Menge seltener Verdienste hat — kurz, siehst du, eine Gefährtinn, mit der ich in ruhiger Eintracht mein Leben beschließen würde: mit einem Worte, die Frau Eberhard —

Berger. Wie? Frau Eber—

Kammerrath. Sie selbst. Ey, worüber erstaunst du so sehr?

Berger. Erstaunen?

Kammerrath. Ja. Ich habe deine plötzliche Bewegung wohl bemerkt — Hätte ich deines Erachtens etwa Unrecht, sie zur Frau zu nehmen?

Berger. Mein Herr — es schickt sich in keinem Falle für mich —

Kammerrath. Nein nein, du hast meine Neugierde rege gemacht. Erkläre dich — Nun? — O ich sehe wohl, daß du diesen Einfall tadelst — Du willst gewiß sagen —

Berger. Ich sage nichts, mein Herr.

Kammerrath. Man drückt zuweilen mehr aus, als man Willens war. Ich will dich der weitern Erklärung überheben, Carl — Was du meinen magst, hatte ich mir ohnedem schon selbst gesagt — Es ist gut. Von etwas andern — Du kannst mir einen Gefallen thun, lieber Carl —

Berger. Kann ich das? O sprechen sie, befehlen sie —

Kammerrath. Sieh, ich denke an den jungen Menschen — an meinen Neffen, oder vielmehr an seine Wirthschaft, seit er die Frau genommen hat. Ich kann mir nicht ohne Rührung vorstellen, daß es den Leuten vielleicht an allem mangelt — Nun habe ich nichts als hundert Louisd'ors, die hier in diesem Beutel gezählt sind. Ich möchte sie ihnen wo möglich zukommen lassen. Sie müssen in der Gegend von Königsberg leben. Wie fängt man das an? Denn ich für meinen Theil möchte bey der Sache nicht genannt werden — Wie ist mir? Sagtest du nicht einmahl, du hättest in Königsberg Bekannte?

Berger (seine Rührung zu verbergen suchend.) Ja, ich habe doch wirklich — einen sehr nahen Bekannten —

Kammerrath. So? Ob aber der Freund wohl eine Madame Berger wird auftreiben können? Sie mag wenig bekannt seyn —

Berger. Doch — es wird sich thun lassen —

Kammerrath. Da, nimm das Geld.

Berger. Wäre es nicht besser, daß ich erst Erkundigung einzöge? Alsdann —

Kammerrath. Nun ja. Es freut mich, daß ich auf dich gefallen bin — Sie ist nun einmahl die Frau meines Schwestersohnes. Sein eignes Schicksal geht mir oft noch so nahe — Er hat es zwar nicht um mich verdient, und hundertmahl schon wäre ich daran gegangen, ihn zu enterben, wenn ich gewissen Personen hätte folgen wollen — die ich dir vielleicht nicht zu nennen brauche —

Berger. Ja — ich kann mir freylich denken —

Kammerrath. Ich weiß nicht — trotz allem Unrecht, daß er gegen mich gehabt hat, widerstand es mir doch immer, ein Testament zu machen. Es hat mir jederzeit etwas ungerechtes und albernes gehabt — Man verschenke sein Vermögen, wohl: so kürzt man sich's ab! Aber großmüthig zu seyn, wenn der Tod vor der Thüre ist — Da wird ein Testament eröffnet, da heißt es gleich im Eingang: Ich will — Wer will denn? Ein Mensch, der nicht mehr ist! — Nun ja, mein Vermögen ist die Frucht meines Erwerbs — aber wer weiß, ob ich nicht vergebens gearbeitet und gesorgt hätte, wenn meines Onkels Vermögen nach seinem Tode nicht auf mich gefallen wäre? Ich entziehe also meinem Neffen auch das meinige nicht — Vielleicht macht er einen schlechten Gebrauch davon? Das ist seine Sache; die meinige aber ist's, ihn nicht zu berauben. Bey meinen Lebzeiten habe ich ihn gestraft, damit ist es gethan! Ich sterbe, dort hat man keinen Zorn mehr — Nicht wahr?

Ber-

Berger. In einer solchen Sache — ich fühle es — kann ich nur zuhören und schweigen —

Kammerrath. Du bist zu bescheiden — Aber nicht wahr, du versprichst mir, jenen Auftrag recht gescheid zu besorgen?

Berger. Gewiß — ich will auch gleich gehen, und sie sollen befriediget werden, noch ehe sie sich's vorstellen —

Kammerrath. Du bist mein ehrlicher Carl!

(Berger geht ab.)

## Dritter Auftritt.

### Der Kammerrath. Leonore.

Kammerrath (allein.) Der gute Junge — ich könnte ihn gar nicht mehr entbehren!

Leonore (von weitem.) Ich zittre bey seinem Anblick — ach! möchte ich ihm doch gefallen! (Sie tritt furchtsam vor.)

Kammerrath (sich umwendend.) Ah, ist sie es, Kind? Komm sie doch näher. Ich habe sie noch gar nicht gesprochen.

Leonore. Ich suchte selbst einen gelegenen Augenblick — wo ich meiner Herrschaft vor die Augen kommen dürfte —

Kammerrath. Nun, wir wollen Bekanntschaft machen — Sie hat nichts dabey zu fürchten, scheint es.

Leonore. Ach mein Herr.

Alte Junggeselle. F

Kammerrath. Nein, in der That, Sie hat ein sanftes, sittsames Wesen, das auf den ersten Augenblick für sie einnehmen muß.

Leonore. Eine gute Erziehung war mein einziges Erbtheil —

Kammerrath. Und ein sehr kostbares — Ihre Aeltern, wo ich nicht falsch gehört habe, sind rechtliche Leute?

Leonore. Rechtlich — ja, das waren sie; wenn auch nicht in dem Sinne wie der Stolz es meint, doch in dem schöneren Sinne, den Männer wie sie wohl verstehen — Sie lebten still und fromm von nützlicher Arbeit. Mein Vater war ein Handwerker —

Kammerrath. Da mochte es ihm leichter seyn, etwas zu taugen, als manchem reichen Müssiggänger. Nun? erzähle sie doch weiter.

Leonore. Sie thaten mehr für mich, als Aeltern in diesem Stande sonst für ihre Kinder thun. Doch waren die Lehren, die sie mir täglich wiederhohlten, einfach wie sie selbst. Fürchte Gott, diene deinem Nächsten, und bleib rechtschaffen — Diese schlichte Lehre prägte mir ihr Beyspiel noch fester ein als ihr Mund. Ach sie schienen zu ahnden, wie bald sie mir entrissen werden sollten! Ich mußte viel leiden, seit sie nicht mehr sind; aber in der Arbeit fand ich stets Hülfe und Trost.

Kammerrath. Solche Aeltern so frühzeitig zu verlieren — armes Kind, sie dauert mich.

Leonore. Ach mein Herr, sie sind so gut — Doch hat mich der Himmel nicht ganz ohne Stütze gelassen. Ein Freund ist mir geblieben, ein treuer bewährter Freund, der mich hierher begleitet hat.

Kammerrath. Sie ist also nicht von hier?

Leonore. Nein. Ich hatte eine beschwerliche Reise von vielen Tagen zu machen — (Man hört draußen rufen: Leonore! Leonore!) Ich glaube, man ruft mich.

Kammerrath. Das thut nichts — Sie mußte doch einen Grund, eine Ursache haben, um so weit von ihrer Heimath wegzuziehen?

Leonore. Ja wohl. Jener Freund, der einzige den ich auf der Welt habe, hat hier einen sehr nahen Verwandten, von dem er Unterstützung hoffte — um meinetwillen hoffte. Diesen wollte er aufsuchen, und er rechnete sicher darauf, daß mein Unglück, meine Jugend den Mann rühren würden. Ich folgte ihm, wie ich einem Bruder gefolgt wäre; von dem Orte, wo ich meine Aeltern verloren hatte, war es mir ohnedem nicht mehr schwer, mich loszureißen. Aber ——

Kammerrath. Nun?

Leonore. Wie grausam wurde unsre Erwartung betrogen!

Kammerrath. Der Mann nahm sie wohl kaltsinnig auf?

Leonore. Ach wir würden nicht verzweifeln, wenn er uns nur hätte aufnehmen wollen!

Kammerrath. Wie? Ein so naher Verwandter —

Leonore. Er hat uns nicht einmahl sehen mögen.

Kammerrath. Was sagt sie? das muß ja ein Felsenherz seyn.

Leonore. Nein, ich darf ihm keine Vorwürfe machen. Er ist nicht hart, er ist menschlich und gut; und ohne fremde Personen, die sich in seinem Hause die Herrschaft angemaßt haben —

Kammerrath. Er ist gut, sagt sie? Ey, das ist ja unverzeihliche Schwäche — kann, darf etwas auf Erden die Natur ersticken? Nein, so muß das nicht bleiben. Führe mich zu diesem Verwandten, wenn er ein Herz hat, so gelingt es uns gewiß, ihn zu rühren —

Leonore. Ja, ich fange selbst an, es für möglich zu halten. Er ist nicht unempfindlich, und wie sehr man ihn auch gegen uns eingenommen haben mag, wir werden ihn doch rühren — Sie sind ja gerührt!

Kammerrath (der die Frau Eberhard kommen sieht.) St!

## Vierter Auftritt.

Die Vorigen. Frau Eberhard.

Fr. Eberhard (von weitem, vor sich.) Noch da!

Kammerrath (etwas verlegen.) Je, Frau Eberhard — wollen sie vielleicht etwas?

Fr. Eberhard. Ich komme wohl ungelegen —

Kammerrath. Ey, wie so? wie so?

Fr. Eberhard. Nun, die Jungfer scheint ihnen überaus wichtige Geheimnisse zu offenbaren. Es ist eine ganze Stunde, daß sie sich mit ihr unterhalten — den Dienst mag indessen thun wer will! die Vornehmthuerey gefällt mir gar nicht, und die Vertraulichkeit eben so wenig.

Kammerrath (schwach.) Wie? Es wird doch bey mir stehen, einen Augenblick mit meinen Leuten zu sprechen? Ich wollte das Mädchen gern kennen lernen, und es gereut mich nicht.

Fr. Eberhard. Ja ja, ich sehe daß sie viel Geschmack an ihrem Gespräch finden.

Kammerrath. Allerdings, und sie würden selbst ihre Freude gehabt haben —

Fr. Eberhard. Kann seyn; aber um ihre schönen Gaben im Reden zu zeigen, ist sie nicht in's Haus genommen worden.

Kammerrath. Sie hat mir bloß auf meine Fragen geantwortet, sie hat mir von ihrer Erziehung —

Fr. Eberhard. Für die gebe ich keinen Pfennig, wenn das Hauswesen dabey leiden soll — Geh sie hinunter, Jungfer.

Leonore. Was soll ich thun?

Fr. Eberhard. Marthe wird es ihr schon sagen. Geh sie nur. (Leonore geht ab.)

## Fünfter Auftritt.

### Der Kammerrath. Frau Eberhard.

Kammerrath. Ich bitte sie, Frau Eberhard, gehen sie sanft mit dem Mädchen um, sie ist furchtsam.

Fr. Eberhard. O!

Kammerrath. Sie scheint viel Gefühl zu haben.

Fr. Eberhard. Das will ich selbst wohl glauben — (einen freundlichern Ton annehmend) Aber finden sie mich denn so bös?

Kammerrath. Nein — aber, sehen sie, das Kind flößt wirklich Interesse ein. Sie hat —

Fr. Eberhard. Etwas Sanftes, ja das gebe ich zu — Haben sie aber vergessen, in welchem rührenden Augenblick wir vorhin unterbrochen wurden? Ihr volles Herz wollte sich eben ergießen —

Kammerrath. Ihre Sanftheit allein ist es nicht, was an dem Mädchen einnimmt. Sie hat wirklich Anmuth, gewählte und doch einfache Ausdrücke; besonders aber scheint sie in den tugendhaftesten Grundsätzen aufgewachsen zu seyn —

Fr. Eberhard. Ja, das mag wohl seyn — Ich müßte mich sehr irren, oder unser Gespräch hatte sie sehr lebhaft bewegt —

Kammerrath. Nein, in der That, ich wüßte mich nicht zu erinnern, daß mir je ein Mädchen von dem Alter so aufgefallen wäre —

Fr. Eberhard. So scheint es wirklich — Hat denn ein einziger Augenblick den Eindruck verwischen können, von dem ich sie nur eben so ergriffen verließ.

Kammerrath. O nein — ganz und gar nicht. Wie können sie denken? — Meine Erkenntlichkeit für ihre Freundschaft ist gewiß immer dieselbe — daß aber das gute Kind mit seinen rührenden Worten —

Fr. Eberhard. Wieder! Das heißt ja die Leute zum Besten haben —

Kammerrath. Ey Frau Eberhard, sie werden verdrießlich —

Fr. Eberhard. Ja, es macht mich ungeduldig, daß sie nicht aufhören können, von einer Magd zu sprechen!

Kammerrath. Nun, sie erhebt sich aber auch wirklich über ihren Stand. Es ist etwas Zartes, Edles, möchte ich sagen, an ihr —

Fr. Eberhard. Nein, das ist zu arg. Ich kann es nicht mehr bergen — Diese Jungfer Leonore widersteht und mißfällt mir im Voraus.

Kammerrath. Ey warum denn das?

Fr. Eberhard. Ich weiß nicht — kurz und gut, sie mißfällt mir. Ich spreche rein vom Herzen weg — Zudem ist sie zu nichts zu brauchen, auf der Welt zu nichts, und es wäre, dächte ich, besser, man ließe sie gleich wieder laufen.

Kammerrath. Was? Wen, Leonore?

Fr. Eberhard. Ja.

Kammerrath. Sie scherzen, Frau Eberhard —

Fr. Eberhard. Ich? Wahrhaftig, nein!

Kammerrath. Wie?

Fr. Eberhard. Sie stehen also an, und ich werde der ersten besten nachgesetzt, die hergelaufen kommt, die sie in diesem Augenblick kaum von Ansehen kennen?

Kammerrath. Das nicht — Aber welch ein Einfall wäre es, jemanden nur so wegzujagen! —

Fr. Eberhard. Sehr wohl! Das ist ihr letztes Wort? — Nun, hier haben sie das meine: eine von uns beyden muß zur Stelle aus dem Haus.

Kammerrath. Aber mein Gott, können sie eine solche Sprache gegen mich führen?

Fr. Eberhard. Und können sie zwischen dem Mädchen und mir anstehen?

Kammerrath. Das ist ja der Fall nicht. Ich kann sie schätzen wie sie es verdienen, ohne das gute Kind aus dem Hause zu thun.

Fr. Eberhard. Nein, mein Herr. Schicken sie Leonoren weg, oder —

Kammerrath. Wie barsch, Frau Eberhard! Bedenken sie —

Fr. Eberhard. Sie oder ich?

Kammerrath (aufgebracht.) Sie können thun was sie wollen: Leonore wird bleiben.

Fr. Eberhard. Wie sagen sie?

Kammerrath. Ja ja! Da sie es aus dem Tone nehmen, so behalte ich sie.

Fr. Eberhard. Verzeihen sie, mein Herr. Aber —

Kammerrath. Nein. Es ist mein Wille, Leonore zu behalten. Wenn ihnen das mißfällt, so gehen sie — meinetwegen! Ich habe nichts mehr zu sagen. (Er geht sehr aufgebracht ab.)

## Sechster Auftritt.

### Frau Eberhard allein.

Habe ich recht gehört? War er das wirklich? — Wie? In dem einzigen Augenblick hätte ich die Frucht zehnjähriger Bemühung verscherzt — und gerade als ich das Ziel zu berühren meinte? — — — Ah, es war eine erste Aufwallung, die sich legen wird — Wenn auch! Ich habe sehr unrecht gethan — Wie? Drohen, die Fassung verlieren: welche Unvorsichtigkeit! Andre warne ich, und ich falle selbst in den Fehler! — Hier gilt es, einzulenken, wenn es anders noch Zeit —

## Siebenter Auftritt.

#### Frau Eberhard. Berger.

Fr. Eberhard. Ach Carl — ach mein Freund!

Berger. Nun?

Fr. Eberhard. O sie wissen nicht — Eben hatte ich mit dem Herrn einen Zank —

Berger. Sie? Ist es möglich? Wie ging denn das zu?

Fr. Eberhard. Das neue Mädchen — Leonore, die war der Anlaß.

Berger. Wie?

Fr. Eberhard. Freylich. Ich sagte, eine von uns beyden müsse auf der Stelle aus dem Haus. Nun denken sie! — Der Herr nimmt das Mädchen in Schutz, streicht sie heraus, sagt — sie werden es nicht glauben! — sagt zu mir, so könne ich meiner Wege gehen — Und im vollen Zorn hat er mich verlassen!

Berger. Ich erstaune! Was heißt sie aber auch, ihn erzürnen? Er ist ein guter Herr, allein er ist doch immer Herr.

Fr. Eberhard. Ich gebe es zu, mein Freund, ich mag wohl gefehlt haben. Aber ich kann das Mädchen einmahl nicht ausstehen.

Berger. Ey was hat sie ihnen denn gethan? Der Herr nimmt sie in Dienst, er scheint mit ihr zufrieden, und sie quälen ihn um einer solchen Kleinigkeit willen!

Fr. Eberhard. Nun ja, allein das Uebel ist geschehen: was nun anfangen?

Berger. O es wird ihnen ein leichtes seyn, das wieder gut zu machen! Sind sie einmahl Frau vom Hause, so kann ihnen auch Leonore kein Dorn im Auge mehr seyn.

Fr. Eberhard. Ach, vor ein Paar Stunden glaubte ich ihn so weit gebracht zu haben, daß es mir nicht fehlen könnte! dieß ändert aber alles. Ehe ich seine Frau werden kann, muß ich mich doch erst mit ihm ausgesöhnt haben —

Berger. Ich verstehe wohl —

Fr. Eberhard. Helfen sie mir, ich bitte sie —

Berger. Wie können sie glauben, meiner Hülfe zu bedürfen? Sie sind allein am besten im Stande —

Fr. Eberhard. Nein nein, sie müssen mich unterstützen — doch was höre ich? Ich glaube, er kommt schon wieder — Ja! das ist ein gutes Zeichen —

Berger. Er scheint nachdenkend —

Fr. Eberhard. Desto besser — Noch habe ich Hoffnung! (Zu Bergern, der sich entfernt) Wohl! Lassen sie uns allein.

## Achter Auftritt.

Der Kammerrath. Frau Eberhard, die sich in einen Winkel an einen Tisch gesetzt hat, und den Kopf auf ihre Hände stützt.

Kammerrath (sich allein glaubend.) Niemand hier! — Ich bin doch unglücklich — Ich bin gut gegen meine Leute, ich thue alles für sie, bin mehr ihr Vater als ihr Herr — und das ist nun der Lohn! diese Frau auch! — Indessen, wenn ich es bedenke, bin ich doch wohl selbst etwas zu leicht in Feuer gerathen — (Hier zieht Frau Eberhard schnell ihr Schnupftuch heraus, und bedeckt sich das Gesicht damit, gleichsam um Thränen abzutrocknen.) Sie fühlt sehr tief, die arme Frau, und es ist in der That das erste Mahl, daß sie sich in dem Grade ereifert hat — Ja gewiß, ich habe ihr zu viel gethan —

Fr. Eberhard (in ihrem Winkel, laut schluchzend.) Ach ja wohl!

Kammerrath. Wie? Sind sie da, gute Frau Eberhard?

Fr. Eberhard (mühsam aufstehend, und schluchzend.) Seit sie mein armes, liebevolles Herz so grausam zerrissen haben — ist es mir in alle Glieder gefahren! Ach, nach zehnjähriger Pflege und Freundschaft versah ich mich keiner solchen Behandlung —

Kammerrath. Wirklich, ich weiß selbst nicht wie es zugegangen ist —

Fr. Eberhard. Härter als dieser Schlag, kann mich nichts mehr treffen! Ich will Abschied von den Menschen nehmen, und in tiefer Einsamkeit —

Kammerrath. Wie? Sie wollten des kleinen Auftritts noch gedenken?

Fr. Eberhard. Ewig! Ewig!

Kammerrath. Nein, Frau Eberhard, nein. Lassen sie uns eine augenblickliche Uebereilung vergessen, und in Frieden leben.

Fr. Eberhard. Ach ich sehe, daß sie mir nicht mehr gut sind — für mich ist kein Friede mehr!

Kammerrath. Aber sie irren sich. Meine Gesinnungen sind unverändert geblieben. Ich bin ihnen gut, so sehr — mehr noch, als ich es je war.

Fr. Eberhard. Wenn sie etwas auf mich hielten, würden sie mich fortschicken können?

Kammerrath. Ey, eben so gut könnte ich fragen, wie es ihnen möglich war, mir zu drohen? Wir sind beyde lebhaft — Nun, keinen Groll weiter, auf keiner Seite! Ich trage ihnen nichts nach — Sie mir auch nicht, nicht wahr?

Fr. Eberhard. Ach mein Herr, ich fürchte, ich fürchte, diese Leonore wird uns hier noch Verdruß machen!

Kammerrath. Welcher Gedanke! Sie zeigt ja alle mögliche Bescheidenheit und Folgsamkeit. Nein nein, sie werden noch selbst mit ihr zufrieden seyn. Mir ist nicht bang, ich stehe ihnen dafür.

Fr. Eberhard. Es ist ihnen also sehr viel an diesem Mädchen gelegen?

Kammerrath. Ey nun, Anton hat sie in's Haus gebracht, und es wäre gewisser Maßen ein Schimpf für ihn, wenn man sie wieder wegschickte — Ich bitte sie, Frau Eberhard, lassen sie das gut seyn, bringen sie nicht weiter darauf — vor allen Dingen aber, Frau Eberhard, gehen sie nicht von mir.

Fr. Eberhard. Ich hatte gelobt, sie nie zu verlassen — aber seit dieser Geschichte weiß ich nicht —

Kammerrath. Wie, liebe Frau? Sie nehmen noch Anstand? Ich bitte sie!

Fr. Eberhard. Ach, ich kann nicht widerstehen — es sey!

Kammerrath. Gute — liebe Frau Eberhard!

## Neunter Auftritt.

Die Vorigen. Anton. Leonore.

Anton. Das ist eine schöne Geschichte! Was muß ich da erfahren? Die Frau Eberhard droht, und will Leonoren aus dem Hause haben? O, so schwöre ich —

Kammerrath. So! Nun fängt der wieder an —

Fr. Eberhard. Still, still, Herr Anton! Wir sind alle einig, und es muß niemand aus dem Hause. (Sie geht ab.)

## Zehnter Auftritt.

Der Kammerrath. Anton. Leonore.

Anton. Sie lacht? Wie ist das? Hat man mich obendrein gar zum Besten?

Kammerrath. Nein, nein. Es ist wahr, wir haben einen kleinen Wortwechsel gehabt, und zwar wirklich Leonorens wegen. Aber das ist vorbey. Ich habe als Herr gesprochen, wir behalten Leonoren.

Anton. Recht so!

Kammerrath. Ich bin dem Mädchen gut, und sie soll bleiben.

Leonore. Mein Herr — mein bester Herr!

Anton. Es ist ein sanftes, artiges Kind, nicht wahr?

Kammerrath. O das nicht allein — sie ist sehr gut erzogen, klug, vernünftig! Hörst du, mein Kind? Es wird nur von dir abhängen, recht lange — ja beständig bey uns zu bleiben.

Leonore. O mein — mein Herr! Ich habe keinen sehnlicheren Wunsch, als mein ganzes Leben bey ihnen zuzubringen.

Anton. Nun nun, sey sie unbesorgt. Es soll ihr niemand etwas anhaben Darauf hat sie mein Wort — Das heißt, des Herrn Kammerraths Wort. (Er geht ab.)

## Eilfter Auftritt.

### Der Kammerrath. Leonore.

Kammerrath. Ja ja, fürchte sie nichts, liebes Kind — Bey alledem aber, suche sie sich auch bey der Frau Eberhard zu insinuiren — Ich habe unterdessen an den Verwandten gedacht, von dem sie mir erzählt hat. Auch den Freund möchte ich wohl sehen, mit welchem sie hierher gekommen ist.

Leonore. O wie wird er sich freuen, wenn sie ihm erlauben, Ihnen seine Aufwartung zu machen!

Kammerrath. Daß sie so große Stücke auf ihn hält, gibt mir eine gute Meinung von ihm — Ey, sag sie mir aber doch — Ist der Freund jung?

Leonore. Ja —

Kammerrath. Aha, jung — Also ein Liebster?

Leo

Leonore. — Ich liebe ihn, ja, und befolge dadurch den letzten Willen meiner guten Mutter. Sey ihr Bruder! sagte sie auf ihrem Todbette zu ihm. Er versprach's, und er hat Wort gehalten. Vater, Freund, Beschützer, Führer, alles ist er mir gewesen.

Kammerrath. So recht, Kind! Man sieht wohl, daß dieß keine leichtsinnige Vergafferey ist. Aber um so weniger läßt sich der hartherzige Verwandte entschuldigen —

Leonore. Vielleicht doch: er kennt meinen Freund nicht! doch hoffe ich, er wird ihn kennen lernen, und wir werden nicht umsonst den weiten Weg aus Preußen daher gekommen seyn —

Kammerrath. Aus Preußen, sagt sie? — O ich bitte sie, aus welcher Gegend von Preußen?

Leonore. Königsberg.

Kammerrath. Königsberg? Wie?

Leonore. Ja.

Kammerrath. Welcher Zufall! — Sieht sie, ich kenne jemanden dort, einen Soldaten — Ey aber, was sollte sie von dem wissen? — Je nun, das Fragen hat man umsonst — Er heißt Berger.

Leonore. Ich — kenne ihn.

Kammerrath. Nimmermehr! Wie aber? Durch welches Ungefähr?

Leonore. Durch ein Ungefähr, das mir unvergeßlich bleiben wird. Dieser junge Mann rettete einst meinem Vater das Leben. Sie können denken, wie theuer er uns war. Je länger wir ihn sahen, je höher lernten wir ihn schätzen. Wir erfuhren, daß er von einer ansehnlichen Familie war. Im Dienste war er brav und eifrig, als wenn er aus Neigung in diesen Stand getreten wäre, und dabey sanft, gutmüthig, von der besten Aufführung —

Kammerrath (halb für sich.) Nun ja — das muß ein Häuchler seyn! (Laut) So! Ich weiß genug. Wie ich sehe, spricht sie von einem andern.

Leonore. Wie? Es wäre nicht der nähmliche?

Kammerrath. Nein — o nein! Meiner hat nur den Nahmen mit dem ihrigen gemein; er ist ein schlechter Bursche, ein unvernünftiger, toller Kopf, der sich eines Tages, Gott weiß warum, aus dem Staube gemacht hat, unter die Soldaten gegangen ist — Endlich heirathet er ein gemeines Mädchen, an welcher die Armuth und der niedrige Stand noch die geringsten Fehler sind, die lediger Weise ein Leben geführt hatte! —

Leonore (sehr lebhaft, und unaufhaltsam.) Das ist eine abscheuliche — gottlose Verleumdung! Nun ja, es ist wahr, sie hat sich in einen Soldaten verliebt — er war aber der Retter ihres Vaters, er ist ein schätzbarer, redlicher junger Mann. Sie sah, sie liebte ihn, als ihr Vater noch lebte. Ihre sterbende Mutter verband sie mit ihm. Sie liebte ihn, er bethete sie an; sie hat sich immer bestrebt, eine gute, eingezogene, fleißige Frau zu seyn —

Kammerrath. Aber sie nimmt sie ja mit einem Eifer in Schutz —

Leonore. Ich nehme mich in Schutz!

Kammerrath. Sie?

Leonore (noch immer aufgebracht.) Ja freylich, ja — Ich bin ja diese Frau — Bergers Frau!

Kammerrath. Um Gottes willen — Sie!

Leonore (erschrocken zu sich kommend.) Gott, ich habe mich selbst verrathen!

Kammerrath. Sie meine Nichte? Welche Entdeckung!

Leonore (zu seinen Füßen.) Ja, ich bin es! Die unglückliche Gattinn ihres bedauernswürdigen Neffen ist es, die hier zu ihren Füßen zittert, die sich nicht getraut, zu ihnen aufzublicken —

Kammerrath. Sammeln sie sich, stehen sie auf — Ich fand sie liebenswürdig, ehe ich sie kannte; diese Entdeckung hat sie nicht verändert. Leonoren nahm ich auf; ich werde eine Nichte nicht zurückstoßen. Ihres Mannes Schuld bleibt dieselbe; ihnen habe ich aber nichts mehr vorzuwerfen, und ich will durch keine ungerechte Härte ihr Loos verschlimmern, das schon traurig genug ist, da sie einem solchen Menschen angehören —

Leonore. O seyn sie großmüthig! Er ist mein Gemahl, er ist abwesend und unglücklich —

## Zwölfter Auftritt.

### Die Vorigen. Berger.

Kammerrath. Komm, guter Carl, komm näher. Nimm Theil an meinem Erstaunen — an dem sonderbarsten Freygeist! Sieh hier meine Nichte —

Berger (erschrocken und verlegen.) Wie? Leonore? Sie wäre —

Kammerrath. Dem Zufall danke ich das Geständniß. Ja, sage ich dir, sie ist meine Nichte, die Frau meines Neffen, eben des Neffen, von dem wir heute sprachen, der mir so viel Verdruß gemacht hat — Ich bin aber nicht Willens, sie das entgelten zu lassen; ich habe ihr deßhalb schon zugesprochen —

Berger (sich fassend.) Ja? Wirklich? Das hätte ich kaum gehofft — O sie können sich nicht denken, wie sehr — wie herzlich ich mich freue, endlich doch jemanden bey ihnen zu sehen, der ihnen angehört — der ihnen so nahe angehört, fast ein Kind! — Das war es, was ich wünschte.

Kammerrath (zu Leonoren.) Ein guter treuer Junge, der mit wahrer Liebe an mir hängt!

Berger. Sie verbargen mir ihren Kummer nicht; ich darf auch an ihrer Freude Theil nehmen. O ich stelle mir das süße Gefühl vor, mit welchem sie eine Nichte erkannten!

Kammerrath. Ja, ich läugne es nicht — aber bittere Erinnerungen mischen sich in den Eindruck. Diese Nichte — wem verdanke ich sie? Einem ungerathenen, bösen Menschen, der mich auf die unerhörteste Weise beleidigt hat — (Zu Leonoren) Ich thue ihnen weh, aber ich kann nicht anders! Ihr Anblick regt den ganzen Schmerz wieder auf, den ich über diesen Undankbaren empfunden habe —

Leonore. Ach, so müssen sie freylich sich Luft machen!

Berger. Ich für meinen Theil kann bloß nach dem was ich sehe urtheilen — und ich sehe, daß er wenigstens gut zu wählen gewußt hat.

Kammerrath. Eine solche Wahl muß mich allerdings von ihm wundern.

Leonore Nein, ich kann Lobsprüche nicht annehmen, die mir auf meines Mannes Kosten ertheilt werden!

Berger. Sie macht ihm, dünkt mich Ehre; sie beweist, daß er redlich denkt, daß er im Grunde des Herzens an der Tugend Gefallen findet — und das ist doch ein großer Punct!

Kammerrath. Genug.

Berger. O, nur noch ein einziges Wort!

Kammerrath. Nun? Ich höre —

Berger. Es ziemt mir nicht, ihn zu rechtfertigen. Wenigstens aber haben sie den Beweis, wie wenig den Gerüchten zu trauen ist. Die Frau dieses armen Neffen war ihnen mit den gehässigsten Farben geschildert worden — und hier steht sie!

Kammerrath. Ja ja — darum wollen wir auch von der Nichte sprechen, und den Neffen lassen — — Mir fällt aber ein, daß ich vorsichtiger hätte seyn sollen. Carl, du hast mich in der ersten Aufwallung überrascht; aber hüthe dich ja, dir das mindeste merken zu lassen —

Berger. Ah — doch wird es früh oder spät --

Kammerrath. Dem ungeachtet! Ich kann noch nicht — ich muß mit der Frau Eberhard — auf eine gewisse Weise — eine gewisse Schonung beobachten. Gehen sie also zu ihr, und suchen sie — suchen sie sich noch zu verstellen.

Leonore. Ja, lieber Onkel.

Kammerrath. So recht! — (Nach einer kleinen Pause, zärtlich) Ich sehe es, liebes Kind, du wirst mir den Unglücklichen ersetzen!

Leonore. Das ist er — unglücklich ist er, denn sie hassen ihn! Ach, sie halten ihn also für sehr schuldig?

Kammerrath. Den wunderbaren Bösewicht? — Wissen sie was? Wir müssen diesen Punct sogleich auf's Reine bringen, und allem Irrthum vorbeugen. Einmahl anerkannt, und noch dazu mit Liebe, mögen sie vielleicht hoffen, durch ihre Aufmerksamkeit, durch ihr Geschick, in kurzer Zeit ihren Mann mit mir auszusöhnen. Sie irren sich. Ihre Liebenswürdigkeit, ihr sanftes Wesen, kurz ihre Unschuld kann mich bewegen, gerecht und gut gegen sie zu seyn, ohne daß ich darum je einwillige, Bergern vor meine Augen kommen zu lassen. Sie verstehen mich. Wollen sie also hier bleiben, so erwähnen sie nie ihres Mannes — nie hören sie? mit keinem einzigen Worte.

Leonore. Ich werde gehorchen, so schwer es mir auch ankommen wird.

Kammerrath. Glauben sie denn, daß es mir ein Leichtes ist, ihnen wehzuthun? Aber es muß so seyn. Ich will in Ruhe leben und sterben. Habe ich ihr Wort?

Leonore. Ja — guter Onkel! Ich verspreche es ihnen.

Kammerrath. Wohl — Und nun gehen sie hinunter, wie ich ihnen gesagt habe.

Leonore. Ich gehe.

Kammerrath (für sich.) Es thut mir herzlich leid, daß ich sie betrüben muß — (Laut) Folge mir, Carl. (Er geht ab.)

Berger (im Abgehen, leise zu Leonoren.) Laß uns hoffen! Du bist anerkannt! wir haben mehr als halb gewonnen! Das Uebrige muß uns, wie die Sachen stehen, in kurzem irgend ein Zufall schenken.

## Fünfter Aufzug.

### Erster Auftritt.

Berger. Frau Eberhard, von verschiedenen Seiten hereintretend.

#### Frau Eberhard.

Ach mein Freund — ach, wissen sie die Neuigkeit schon? Haben sie von der abscheulichen Entdeckung noch nichts gehört?

Berger. Eine abscheuliche Entdeckung? Was ist es denn?

Fr. Eberhard. Leonore — das Mädchen — sie ist des Neffen Frau?

Berger. Wie?

Fr. Eberhard. Ja ja, eben ist mir's gestanden worden.

Berger. Unmöglich! Von wem denn?

Fr. Eberhard. Vom Herrn selbst. Es hat freylich hart gehalten — Ich sah ihn auf einmahl zerstreut und verlegen: so etwas entgeht mir nicht leicht! Da habe ich so lange, so scharf in ihn gedrungen — o, in dem Alter weiß man kein Geheimniß bey sich zu behalten! — bis ich der entsetzlichen Geschichte ganz auf die Spur gekommen bin —

Berger. Und sie wäre seine Nichte?

Fr. Eberhard. O man traue doch nur immer seinem Gefühl! Da sehen sie's, ob ich Ursache hatte, das Mädchen zu hassen — Eben da es mir kaum mehr fehlen kann, Frau vom Hause zu werden, da ich meiner Sache so gut wie sicher bin, da ich mich durch die Versöhnung weiter gerückt glaube, als ich durch den Streit zurückgekommen war — in eben dem Augenblicke muß sie erscheinen! Denn das ist klar, alle meine Kunst wird jetzt zu Wasser — Wenn Leonore hier bleibt, so muß ich fort.

Berger. Nun — freylich —

Fr. Eberhard. Und sie auch, sie müssen auch fort, so gut wie ich.

Berger. Meinen sie?

Fr. Eberhard. Unfehlbar. Mein Sturz zieht den ihrigen nach sich. Ich bin hier ihre Gönnerinn; sie können sich nicht halten, wenn ich erliege.

Berger. Es thäte mir doch sehr leid, wenn ich meinen Abschied bekäme!

Fr. Eberhard. Ein einziges Mittel ist uns noch übrig — wir müssen es so abkarten, mein Freund — daß sie, statt unser, fortgeschickt werde.

Berger. Sie, fortgeschickt?

Fr. Eberhard. Ja, ja.

Berger. Das ist ein Einfall!

Fr. Eberhard. Gar nicht. Es kommt bloß darauf an, zu behaupten, daß sie nicht des Herrn Nichte ist — und was noch mehr hilft, es zu beweisen.

Berger. Gott! Welche Kühnheit! — Allein wie fangen sie das an?

Fr. Eberhard. Alles ist bereit. Berger selbst wird uns hierin dienen.

Berger. Ey, wie denn das?

Fr. Eberhard. Er schreibt aus Königsberg, daß seine Frau dort bey ihm ist.

Berger. Was höre ich? Um des Himmels willen, Frau Eberhard! Einen Brief nachmachen?

Fr. Eberhard. Warum nicht gar! Das wäre doch zu arg — und möchte auch zu plump seyn, denn der Herr kennt Bergers Hand zu gut. Nein, sie wissen ja daß ich eine Menge Briefe von Bergern habe; einen solchen werde ich zeigen.

Berger. O!

Fr. Eberhard. Ja. Hänschen bringt ihn — ehe man sich's versieht.

Berger. Das Datum aber — das Datum?

Fr. Eberhard. Hat sich leicht ändern lassen. Anton wird jetzt auftreten, als ob er vom Haushofmeister, von dem alten Weinhold käme. Durch eine falsche Erzählung bereitet er den Hauptschlag vor; ich stelle mich im ersten Augenblick ungläubig, möchte lieber das Beste denken — auf ein Mahl kommt der Brief, und ich verspreche es ihnen, die Nichte muß sich wieder empfehlen.

Berger. Das ist wohl gut. Aber sie kann Papiere haben — wie wollen sie sich dagegen rüsten?

Fr. Eberhard. Leonore wird dem Herrn nicht mehr vor die Augen kommen —

Berger. Sie glauben?

Fr. Eberhard. Gewiß, wenn sie uns beystehen. Das lassen sie sich angelegen seyn, die Nichte entfernt zu halten; Anton und ich, wir nehmen indessen den Herrn auf uns. Nun, kann ich auf sie zählen?

Berger. Vortrefflich! Ja ich verspreche es ihnen, Frau Eberhard, ich gehe Leonoren nicht von der Seite.

Fr. Eberhard. Still ich höre den Herrn — Geschwind, Carl, an ihren Posten!

Berger. Ich eile — (Abgehend) Sie mögen Recht haben: jetzt sind wirs bald geborgen!

## Zweyter Auftritt.

Der Kammerrath. Frau Eberhard.

Fr Eberhard. Wie befinden sie sich? Sie scheinen angegriffen. Diese Gemüthsbewegung —

Kammerrath. Es ist zu viel Freude dabey, als daß sie mir schaden könnte. Sie können leicht denken —

Fr. Eberhard. Ja freylich — Und wo ist unsre junge Herrschaft?

Kammerrath. Auf meinem Zimmer; sie schreibt — Ein allerliebstes Weibchen, ich kann nicht anders sagen!

Fr. Eberhard. Das läßt sich aus dem Eindruck schließen, den sie auf ihren Onkel gemacht hat.

Kammerrath. Sie hatten sich aber in Ansehung dieser Frau sehr betrogen, gestehen sie es nur.

Fr. Eberhard. Gewiß, und ich muß mich schämen, daß ich solchen Gerüchten traute. So geht es mit den Urtheilen, die man so leichthin über die Menschen fällt: günstig oder nachtheilig, sie betriegen meistens!

Kammerrath. Was meinen sie, Frau Eberhard? Wenn man Bergern, weil er abwesend war, auch manches Falsche nachgeredet hätte?

Fr. Eberhard. Ach, wollte Gott! Leider haben wir Beweise, und seine eignen Briefe verurtheilten ihn nur zu sehr —

Kammerrath. Ja freylich — nun, für das was ihr Mann verbrach, kann sie doch immer nichts, das arme Kind!

Fr. Eberhard. O nein — sie sind billig, und hüten sich, die Guten mit den Bösen zu verwechseln.

Kammerrath. Gut — das ist sie gewiß! Ihr ganzes Wesen hat wirklich so viel Rührendes —

Fr. Eberhard. Ja, das gleich für sie einnimmt; ich habe es selbst gefunden. Ach, und ist es nicht genug, daß sie ihnen angehört, um auch mir theuer und werth zu seyn?

Kammerrath. Gute Frau Eberhard! Daran erkenne ich sie — Nun, was mag Anton wollen?

Fr. Eberhard. So hastig? (Sie setzt sich) Hat er wieder etwas zu zanken?

## Dritter Auftritt.

### Die Vorigen. Anton.

Anton. Alle Teufel!

Kammerrath. Was ist? Was gibt es?

Anton. Ich ersticke vor Wuth — Man hat mich betrogen — uns alle hat man schändlich betrogen! Diese Leonore, die ich so thörig war, hier einzuführen —

Fr. Eberhard. Ey mein Gott, wir wissen alles.

Anton. Sie wüßten schon —?

Fr. Eberhard. Alles, und sie können sich den ganzen Aerger ersparen, Herr Anton. Es ist sehr glücklich abgelaufen —

Anton. Glücklich? Wie? Wenn ich erfahre —

Fr. Eberhard. Nun ja, daß Leonore die Nichte unsers Herrn ist —

Anton. Da haben wir's! Das ist ja eben der Betrug — nein, sie ist es nicht.

Kammerrath. Sie wäre nicht —?

Anton. Nein, nein, sage ich ihnen. Der arme Weinhold! Eben komme ich von ihm. Er hat mir alles gesagt. Er kann sich nicht zufrieden geben, daß er, ohne es zu wissen, zu einer solchen Abscheulichkeit die Hand gebothen hat. Er ließ sich das nicht träumen —

Fr. Eberhard. Aber was denn?

Anton. Das Mädchen ist eine hergelaufene Abentheuerinn, und nichts weniger als Herrn Bergers Frau —

Fr. Eberhard. Ah, gehen sie doch weg!

Anton. Zum Henker, Frau Eberhard, lassen sie mich reden!

Fr. Eberhard. Wer wird denn solche Possen anhören?

Anton. Ja Possen! Aus Königsberg ist sie, das hat seine Richtigkeit, und sie mag auch Herrn Berger kennen. Nun hat sie leicht erfahren, daß der junge Mensch einen reichen Onkel in Berlin hat. Sie hat gehorcht, geforscht, ausgegattert was sie zu ihrem saubern Plänchen brauchte. Darauf macht sie sich auf den Weg, kommt hier an, und bindet sich dem Herrn Kammerrath als seine Nichte auf.

Kammerrath. Aber um Gottes willen —

Fr. Eberhard. Unmöglich wäre das nicht; indessen —

Kammerrath. Nein, hier muß ein Irrthum seyn. Nein, dieses offene, unschuldige Gesicht —

Anton. Gesicht? Ja ja, davon haben wir genug gesprochen, Weinhold und ich — Sie kennt ihre Leute, und richtet sich nach ihnen. Sie weiß, daß der Herr Kammerrath ein vernünftiger Mann ist, ein Mann der auf Tugend, auf Sitten viel hält — o es ist eine Erzhäuchlerinn!

Fr. Eberhard. Wie? das züchtige Wesen wäre eine bloße Maske? — Wahr ist es, von Herrn Berger spricht sie sehr wenig.

Kammerrath. Ich habe es ihr verbothen. Ich habe ihr gesagt, seiner dürfte sie mit keiner Sylbe erwähnen —

Anton. Pah! Wenn er ihr Mann wäre, würde sie ihnen schön gehorchen!

Fr. Eberhard. Ein solches Verboth wird freylich nicht so leicht gehalten — Wo mag aber der junge Mensch seyn?

Anton. Wieder ein Beweis! Wenn Leonore seine Frau wäre, so hätte er sich bey Zeiten sehen lassen.

Fr. Eberhard. In der That, man sollte denken —

Kammerrath. Nein, dazu würde er das Herz nicht haben.

Anton. Oh, er hätte es schon gehabt, wenn er seine Frau hier wüßte!

Kammerrath. Was könnte aber ihre Hoffnung seyn? Mir ist es noch unbegreiflich — Sie mußte doch voraussehen, daß früh oder spät eine Entdeckung erfolgen würde —

Anton. Nun, bis dahin dachte sie, ihnen immer etliche Louisd'ors ablocken zu können, und dann hätte sie sich aus dem Staub gemacht.

Fr. Eberhard. Das sind doch vor der Hand bloße Vermuthungen —

Kammerrath. Allerdings. Man müßte —
Anton. Die Mamsell fortjagen!
Fr. Eberhard. O nein — nicht ungehört! die Sache will gehörig untersucht seyn. Habe ich nicht Recht, Herr Kammerrath?

Kammerrath. Das versteht sich. Wir lassen sie kommen; wir hören was sie zu antworten hat —

Fr. Eberhard. Ganz recht — Trippelt nicht eben Hänschen da herum?

## Vierter Auftritt.

### Die Vorigen. Hänschen.

Fr. Eberhard. Komm herein, Kleiner!
Hänschen. Ey wohl — ich bringe etwas.
(Er gibt der Frau Eberhard einen Brief.)
Fr. Eberhard. Ein Brief? — Was sehe ich?
Kammerrath. Nun?
Fr. Eberhard. Geh, Hänschen.
(Der Kleine geht ab.)

Fünf-

## Fünfter Auftritt.

Der Kammerrath. Frau Eberhard. Anton.

Fr. Eberhard. Aus Königsberg!

Kammerrath. Wie? Von ihm? Endlich also doch —! Was kann er aber wollen?

Fr. Eberhard. Schwerlich viel Gutes. An ihrer Stelle läse ich den Brief nicht.

Kammerrath. Vielleicht gibt er uns Aufschluß — Lesen sie.

Fr. Eberhard. Lesen sie selbst.

Kammerrath (im Lesen.) Aber — ich verstehe nicht recht —

Fr. Eberhard. Was?

Kammerrath. Sie werden sich selbst wundern. Hören sie einmahl — „Mein theuerster Onkel" — Ja ja, theuerster Onkel — jetzt ist es Zeit! „Zum zwanzigsten Mahl wage ich es, an Sie zu „schreiben" — Was heißt das? Frau Eberhard! Zwanzig Briefe?

Fr. Eberhard. Ich weiß nur von dreyen — Aber fahren sie doch fort.

Kammerrath. — „Meine Leonore ist an mei„ner Seite, und liegt mir an, noch einen Ver„such zu machen — Ach sie überredet mich leicht, „daß Sie nicht unversöhnlich seyn können! Das „arme, theure Weib! Sie ist nicht ganz wohl. „Der Kummer, mich so ganz von Ihnen verlas„sen zu sehen, drückt sie nieder. O, dürften wir

„einst beyde Ihre Kniee umfassen!" — Aber der Brief ist ja von ganz andrer Art, als die vorigen!

Fr. Eberhard. Das ist möglich — Allein für's erste ersehe ich nur Eines daraus: wenn Leonore in Königsberg ist, so kann sie nicht hier seyn.

Anton. Nun was habe ich gesagt? Ein allerliebstes Nichtchen war uns da zugewachsen!

Kammerrath. Ja, es ist klar! So betrogen zu werden — Der Schlag ist hart!

Fr. Eberhard. Armer — guter Mann!

Anton. Es ist gar zu abscheulich — Ich muß nur eilen, das Weibsstück aus dem Hause zu jagen —

Kammerrath. Nein, ich will sie sehen, ich will ihr selbst andeuten —

Fr. Eberhard. Sie? — Sie, mein Herr?

Kammerrath. Ja, sie soll mir bekennen —

Fr. Eberhard. Nimmermehr! Nein — nein, das geben wir nicht zu. Sie dürfen sie nicht sehen: es würde sie tödten! Mein Gott, sie zittern ja — das hielten sie nicht aus! Ich fühle mich selbst in einer Wuth! Was müssen sie erst empfinden? Die Schlange! Ich wollte es erst durchaus nicht glauben, ich hatte Lust, sie in Schutz zu nehmen — Und sie wollten sie sehen? Mir schaudert vor dem bloßen Gedanken — Gehen sie, lieber Anton, ehe die Nacht einbricht; sorgen sie, daß die Betriegerinn in aller Stille, ohne Aufsehen, nur sogleich wegkommt —

Anton. Oho, das nehme ich auf mich! Sie soll mir keine Umstände machen —

Kammerrath. Mißhandelt sie nicht!

Fr. Eberhard. Es ist nichts weiter nöthig, als daß sie aus dem Hause geschafft werde —

## Sechster Auftritt.

### Die Vorigen. Berger.

Berger. Einen Augenblick Geduld — vielleicht läßt sich die Mühe ersparen.

Fr. Eberhard. Wie? Was ist das?

Berger. Ich muß hier ein Wörtchen drein reden — (Zum Kammerrath) Erlauben sie, daß ich ihnen das Geheimniß aufkläre. Ich habe meine Nachrichten von sichrer Hand; ich habe sie (auf die Frau Eberhard zeigend) von dieser schätzbaren Person.

Fr. Eberhard. Was heißt das? Carl wird doch nicht —

Berger. Ey, Frau Eberhard, wenn sie sich nun an Carln geirrt hätten?

Fr. Eberhard. Ah, ich merke — das Mädchen ist hübsch, und hat dem jungen Menschen in die Augen gestochen —

Anton. Getroffen! Er will ihr noch helfen, ihren Streich ausführen —

Kammerrath. Nein, Carl ist ein ehrlicher Junge —

Berger. Ja? Was meinen sie, Frau Eberhard? — Doch zur Sache! Antworten sie —

Fr. Eberhard. Aus welchem Rechte —?

Berger. O, sie müssen sich nicht ärgern — Sagen sie nicht, daß eben ein Brief von Bergern angekommen ist? — Ja? — Nun denken sie den verzweifelten Streich! Eben dieser Berger, den man aus Königsberg schreiben läßt, ist hier, hier bey seinem Onkel, steht vor ihnen — hat die Ehre, mit ihnen zu sprechen!

Fr. Eberhard. Himmel!

Anton. Was zum Henker —?

Kammerrath. Carl? Du? Du? wärst —

Berger. Zu dieser Vermummung hat mich ihre Bosheit genöthigt. Ja, ich bin dieser Berger, den ihr durch eure Verleumdungen, durch eure Ränke zu Grunde richten wolltet —

Anton. Paß, mit solchen Mährchen wird er nicht weit kommen —

Berger. Es ist Zeit, daß ich die Elenden beschäme — Ich habe gedient, lieber Onkel, und hier ist mein Abschied, von meinem Obristen unterzeichnet. Hier ist meines guten Vaters Todtenschein — hier mein, und meiner armen Mutter Taufschein. Auf ihrem Todbett tröstete sie der Gedanke, daß sie mir in ihnen einen Vater zurück ließe. Sie ahndete nicht, daß mir die schwärzesten Lügen zehn Jahre lang den Weg zum Herzen ihres Bruders versperren würden — Hier sind verschiedene Briefe, in denen dieses Weib —

(auf die Frau Eberhard zeigend) mir verboth, ihnen zu schreiben, vor ihnen zu erscheinen —

Kammerrath (in die Briefe blickend.) Wie?

Berger. Nicht wahr? Es war ihr Wille nicht, daß ihrer Schwester Sohn, — daß ihr Sohn so behandelt würde?

Kammerrath. Gerechter Himmel!

## Siebenter Auftritt.

Die Vorigen. Franz. Leonore.

Franz (der zuerst hereintritt, zu Leonoren.) Kommen sie, Madame, kommen sie! Helfen sie, die Wahrheit an das Licht bringen — O mein Herr, mein armer, betrogner Herr! Erkennen sie ihren Neffen, ihren guten, unschuldigen, gemißhandelten Neffen —

Leonore. Ach verzeihen sie ihm — oder stoßen sie uns zusammen hinaus!

Kammerrath. Nein, nein — Gott! Ich ahnde, wie sehr ich eurer Verzeihung bedürfen werde — Dieß ist die Sprache des Herzens, die ich so lange entbehrte, statt deren ich so lange die erlognen Töne eigennütziger Miethlinge hörte — (Gegen Frau Eberhard und Anton gewandt) O, wie peinigt mich der Anblick dieser Menschen!

Berger (ebenfalls gegen sie gewandt.) Ich hoffe —

Fr. Eberhard. Ja ja — was sollte uns wohl halten? Alte, treue Diener werden jetzt überley — wer weiß, wo man sie noch vermissen wird?

(Sie geht mit Anton ab.)

## Achter Auftritt.

Der Kammerrath. Berger. Leonore. Franz.

Franz. Glückliche Reise! Die Guten bleiben, und die Bösen hohlt der Henker —

Kammerrath. Das sind also die Leute, denen ich zehn Jahre vertraut habe — Und du, du mein armer Fritz, mit deinem Herzen voll Liebe gegen mich, mußtest die ganze Zeit mit Noth und Elend kämpfen? O, wie manches fällt mir jetzt wieder ein! Ich sehe alles klar — Nein, du kannst mir nicht vergeben —

Berger. Mein theurer, mein geehrter Onkel — Sie denken wieder gut von ihrem Fritz: alle Leiden sind vergessen.

Kammerrath. Ist es möglich?

Leonore. Ach, ihr Haß hat ihn mehr gedrückt, als alle Entbehrungen!

Kammerrath. Entbehrungen? Guter Junge, du hast frühzeitig viel Seelenstärke geübt — und ich versank indessen in diese schmähliche Schwäche! Vielleicht ruft deine Gegenwart meine Kräfte zurück; denn ich fühle es wohl: durch diese

Einsamkeit, in welche ich mich bannte, habe ich an Werth wie an Genuß verloren.

Berger. — Lieber Onkel, sie wissen nicht daß sie einen Besuch gehabt haben — Aus Böhmen sind fünf Vettern gekommen.

Kammerrath. Die Bergers? Wie geht es zu, daß ich sie nicht sah?

Berger. Frau Eberhard hat sie eiligst verabschiedet. Aber ich werde sie aufsuchen, sie haben mir ihre Wohnung gesagt. Und nicht wahr, Onkel, sie werden die ehrlichen Leute nicht leer abziehen lassen?

Kammerrath. Gewiß nicht, mein guter Fritz. Sie müssen sehr arm seyn — ich hatte ihrer ganz vergessen! Was hatte ich nicht vergessen? Und ich dachte an Heirathen — in meinen Jahren? Als wenn Thorheit durch Thorheit wieder gut gemacht würde! Nein nein, euch jungen Leuten überlasse ich's, meine Schulden abzutragen. — Du lächelst, Fritz? Und was sagt das Weibchen dazu? Nun, Leonore?

Leonore (die Augen niederschlagend.) Lieber Onkel —

Kammerrath. Nichts Onkel — hört ihr's? Ich verbiethe es euch. Sagt Vater zu mir, wie ich euch meine Kinder nennen werde — euch, und will's Gott, eure Kinder!

Berger. Mein Vater!

Leonore. Mein geliebter Vater!

Franz. Guter Pathe!

Kammerrath. Süße, rührende Täuschung — (Er seufzt) Und wenn meinem Glücke noch etwas abgeht — ey nun, ich wollte es ja nicht besser haben! So diene wenigstens mein Beyspiel allen Hagestolzen zur Lehre.